노인과 바다

일러두기

- 이 책은 Ernest Miller Hemingway 『*The Old Man and the Sea*』(A Distributed Proofreaders Canada E-Book)를 참고했습니다.
- 이 작품은 원작을 완역했습니다.

노인과 바다

어니스트 헤밍웨이 지음

림

일리노이주 오크 파크에 있는 헤밍웨이가 태어난 집

어니스트 헤밍웨이는 1899년 미국 일리노이주의 오크 파크에서 의사인 아버지 클래런스 헤밍웨이와 음악 교사인 그레이스의 여섯 자녀 중 둘째로 출생했다. 그의 삶은 그야말로 현란하기 그지없다. 제1, 2차 세계 대전과 스페인 내전에 병사로, 종군 기자로 직접 참여했고, 거처도 미국, 캐나다, 프랑스 파리 등으로 계속 옮겼으며, 쿠바 아바나에 오랫동안 머물며 집필 활동을 했다. 1954년 노벨상을 받은 그는 카스트로가 권좌에 오른 1961년 쿠바를 영원히 떠나며 우울증, 알코올 중독증 등에 시달리다가 그해 7월 2일 엽총으로 자살했다. 그는 미국인이 가장 사랑하는 작가 순위에서 늘 1위에 오른다.

쿠바에 머물던 1954년의 헤밍웨이

1952년 『노인과 바다』를 출간한 그는 1953년 퓰리처상을 받았으며 1954년 미국 작가로는 다섯 번째로 노벨상을 받는다. 『노인과 바다』는 1952년 9월 1일자 시사 주간지 『라이프』 특별 호에 게재되었다. 이 소설 덕분에 잡지가 발행 이틀 만에 수백만 부가 팔려나갈 정도로 발표 즉시 이 소설은 인기를 끌었다. 일주일 뒤 단행본으로 출간된 『노인과 바다』는 초판만 5만 부를 찍었고 반년 이상 베스트셀러 목록에 오른다.

1958년에 존 스터지스 감독이 메가폰을 잡고
스펜서 트레이시가 주인공 산티아고 노인 역을 맡은 영화 〈노인과 바다〉의 한 장면

『노인과 바다』에서의 노인과 청새치의 대결은 아름다운 대결이다. 그 대결은 증오, 복수, 질투, 시기, 탐욕에 사로잡힌 대결이 아니다. 상대방에게 애정을 느끼며, 상대방이 자신과 한 몸임을 느끼는 싸움, 누가 누구를 죽이든 상관이 없는 싸움이다. 그렇기에 그 싸움은 아름다운 싸움이고 고결한 싸움이며 영웅적인 싸움이다. 그 싸움이 바로 운명이고 자연의 법칙이다.

노인과 바다 차례

노인과 바다

그는 멕시코 만류에서 작은 배를 타고 홀로 고기잡이하는 노인이었다. 그는 여든 나흘 동안 한 마리의 고기도 낚지 못했다. 처음 40일 동안은 소년이 그와 함께 있었다. 하지만 40일 동안 고기를 한 마리도 낚지 못하자 소년의 부모는 노인이 두말할 필요 없이 '살라오'가 된 것이 분명하다고 소년에게 말했다. 살라오란 재수 옴 붙은 사람이라는 뜻의 스페인어였다. 소년은 부모의 명령대로 다른 배에 탔고 그 배는 첫 주에 세 마리의 훌륭한 고기를 낚았다. 소년은 노인이 매일 빈 배로 돌아오는 것을 보고 가슴이 아팠다. 그는 늘 노인에게로 가서 노인이 감아놓은 낚싯줄, 갈고리, 작살 등과 돛대에 둘둘 말아놓은 돛을 나르는 일을 도와주었다. 돛은 밀가루 부대를 덕지덕지 덧붙인 채 감겨 있어서 마치 영원한 패배를 상징하는 깃발 같았다.

노인은 야윈 몸이었고 목덜미 뒤쪽에는 보기 흉한 상처가 깊게 나 있었다. 그의 두 뺨에는 갈색 검버섯들이 피어 있었다. 열대 바다가 반사하는 햇살이 선사한 일종의 음성 피부암 반점들이었다. 그 반점들은 얼굴 양쪽 저 아래까지 번져 있었다. 노인의 두 손에는 낚싯줄을 잡고 큰 고기들과 승강이하다가 생긴 상처들이 깊이 파여 있었다. 하지만 그 상처들은 새로 생긴 것들이 아니었다. 마치 바다가 물고기 없는 사막처럼 침식된 듯 그 상처들은 오래된 침식의 흔적들이었다.

두 눈을 제외하면 노인에게서 모든 것은 노쇠해 있었다. 바다와 같은 빛깔의 두 눈만 기운차게 반짝였으며 불굴의 의지를 보여주고 있었다.

"산티아고 할아버지." 소년이 배를 끌어올릴 둑 위로 올라가면서 노인에게 말했다. "이제 할아버지랑 다시 고기 잡으러 갈 수 있어요. 돈을 좀 벌었거든요."

노인이 소년에게 고기 잡는 법을 가르쳐 주었고 소년은 노인을 무척 따랐다.

"아니다. 네가 지금 타고 있는 배는 운이 좋은 배다. 그 사람들을 따라다녀라."

"하지만 할아버지, 할아버지는 87일 동안 고기를 잡지 못했고 우리는 3주 동안 매일 큰 고기를 잡았잖아요." 소년이 말했다.

"나도 안단다. 네가 나를 못 믿어서 나를 떠난 게 아니라는 것도 알고 있다."

"아버지 때문에 떠난 거예요. 저는 아직 어려서 아버지 말씀을 따라야 해요."

"알고 있어. 당연한 일이지."

"아버지는 별로 신념이 없으세요."

"맞아. 하지만 우리는 있지. 그렇지 않니?"

"그래요. 제가 '테라스'에서 맥주 한 잔 사드릴게요. 그런 다음에 어구들을 집으로 날라요."

"좋지." 노인이 말했다. "우린 어부니까."

그들은 '테라스'에 앉았다. 많은 어부가 노인을 비웃었지만 노인은 화를 내지 않았다. 나이가 지긋한 다른 어부들은 동정하는 마음으로 노인을 바라보았다. 하지만 그들은 그런 내색을 전혀 하지 않은 채 조류에 대해서, 얼마나 깊이 낚싯줄을 드리웠는지에 대해서, 또한 계속되는 좋은 날씨며 자기들이 보았던 것들에 대해서 점잖게 이야기를 나누고 있었다. 이날 성과가 좋은 어부들은 이미 돌아와서 그들이 잡은 청새치를 널빤지

두 장에 길게 늘어놓은 다음 두 사람이 각각 널빤지 한쪽씩 잡고 비틀거리며 고기 저장 창고로 가지고 갔다. 그곳에서 그들은 생선을 아바나의 시장으로 싣고 갈 냉동 트럭을 기다렸다. 상어들을 잡은 어부들은 상어를 만 반대편에 있는 상어 가공 공장으로 가져갔다. 그곳에서는 도르래로 상어들을 들어 올려 내장을 제거한 뒤 지느러미를 자르고 가죽을 벗겨낸 다음 살을 토막 내서 소금에 절였다.

평소에 바람이 동쪽에서 불어오면 상어 가공 공장으로부터 냄새가 풍겨왔다. 하지만 오늘은 바람이 북쪽으로 방향을 돌렸다가 이내 잠잠해졌기 때문에 어렴풋한 냄새만 풍겨올 뿐이었다. '테라스'에는 밝게 햇살이 비치고 있어 쾌적했다.

"할아버지." 소년이 말했다.

"오냐." 노인이 대답했다. 그는 맥주잔을 들고 회상을 하고 있었다.

"내일 쓰실 정어리를 잡아다 드릴까요?"

"아니, 가서 야구나 하며 놀아라. 나는 아직 노를 저을 수 있고 로헬리오가 그물을 던져서 잡아줄 거다."

"그렇지만 갖다 드리고 싶어요. 할아버지와 함께 고기잡이 갈 수 없으니까 뭐든 다른 걸 도와드리고 싶어요."

"맥주를 사줬잖니. 너도 벌써 어엿한 사내가 다 됐구나."

"할아버지, 할아버지가 처음으로 저를 배에 태워주셨을 때 제가 몇 살이었어요?"

"다섯 살이었지. 너무나 기운이 팔팔한 놈을 낚아 올리는 바람에 하마터면 네가 죽을 뻔했지. 놈이 배를 박살 내버릴 지경이었으니까. 기억나느냐?"

"기억나요. 그놈이 하도 심하게 꼬리를 철썩거리며 배를 때리는 바람에 바닥 널빤지가 부서질 지경이었던 것도 기억나고, 할아버지가 그놈을 두들겨 팼던 것도 기억나요. 할아버지가 저를 번쩍 들어서 낚싯줄이 감겨 있는 이물로 던지셨잖아요. 배가 마구 흔들리던 것도, 할아버지가 몽둥이로 마치 나무를 두드리듯 고기를 두드리던 소리도, 제 온몸에서 풍기던 피 냄새도 모두 기억나요."

"너 정말 그걸 다 기억하고 있는 거냐? 아니면 내가 네게 이야기해준 거냐?"

"할아버지랑 처음 바다에 나갔을 때부터 있었던 일은 다 기억하고 있어요."

노인은 신뢰가 가득한 다정한 눈길로 소년을 바라보았다.

"네가 내 자식이라면 너를 데리고 나가서 모험할 수도 있으런만. 하지만 네겐 아버지가 있고 어머니가 있지. 게다가 너는 지금 운 좋은 배를 타고 있고."

"정어리를 잡아다 드릴까요? 그리고 미끼를 네 덩어리 구해 올 수 있어요."

"오늘 쓰고 남은 게 있다. 상자에 넣고 소금을 뿌려놨어."

"싱싱한 미끼를 네 덩어리 갖다 드릴게요."

"한 덩어리면 되겠다." 노인이 말했다. 그는 희망과 자신감을 잃어본 적이 없었다. 그런데 지금, 마치 미풍이 불어올 때처럼 희망과 자신감이 새롭게 솟구치고 있었다.

"두 덩어리요." 소년이 말했다.

"그래, 두 덩어리로 하자." 노인이 말했다. "그런데, 너 그걸 훔친 건 아니겠지?"

"훔칠 수도 있었지만 돈 주고 산 거예요."

"고맙구나." 노인이 말했다. 그는 자신이 언제부터 겸손해졌는지 궁금해하지 않을 정도로 단순한 사람이었다. 하지만 그는 자신이 겸손해졌다는 것을 알고 있었으며 겸손하다는 것이 부끄러운 것이 아니라는 것, 겸손 때문에 자부심이 손상되는 것도 아니라는 것을 알고 있었다.

"바다가 잔잔한 걸 보니 내일도 날씨가 좋겠구나." 노인이 말했다.

"내일 어디로 나가실 거예요?" 소년이 물었다.

"바람이 바뀌면 돌아올 수 있는 곳까지 멀리 나가련다. 동이 트기 전에 나가야겠어."

"제가 타고 있는 배 주인에게도 멀리 나가자고 할게요. 할아 버지가 정말 큰 놈을 낚아 올리면 우리가 할아버지를 도울 수 있잖아요."

"그 친구는 멀리 나가는 걸 좋아하지 않아."

"그렇긴 해요. 하지만 나는 주인아저씨 눈에는 보이지 않는 걸 볼 수 있어요. 고기를 쫓는 새 같은 것 말이에요. 돌고래를 쫓아 멀리 나가게 만들 수 있어요."

"그 친구 눈이 그렇게 나쁘단 말이냐?"

"거의 장님 같아요."

"거참 이상하구나. 그 친구는 바다거북을 잡으러 가본 적도 없는데. 바다거북을 잡으려다 보면 눈을 해치는 법이거든."

"하지만 할아버지 눈은 멀쩡하잖아요. 모스키토 해안에서 몇 해 동안 바다거북을 잡으셨지만 말이에요."

"난 좀 유별난 늙은이니까."

"하지만 진짜로 큰 고기를 낚아올릴 수 있을 만큼 기운이 있으세요?”

“그럴 거야. 게다가 온갖 요령을 다 알고 있지 않니?”

“자, 이제 어구들을 집으로 옮겨요.” 소년이 말했다. “그런 다음 투망을 들고 정어리를 잡으러 갈게요.”

둘은 함께 배에서 어구를 집어 들었다. 노인은 돛대를 어깨에 멨으며 소년은 단단하게 꼰 갈색 낚싯줄을 둘둘 감아 넣은 나무 상자와 갈고리, 자루가 달린 작살들을 들었다. 미끼가 들어있는 상자는 커다란 물고기를 배 옆까지 끌어왔을 때 놈을 제압하기 위해 쓰는 몽둥이와 함께 배의 고물 밑에 넣어두었다. 아무도 노인의 어구들을 훔쳐 가지는 않겠지만 돛과 무거운 낚싯줄은 이슬을 맞으면 좋지 않았기에 집으로 옮겨두는 것이 나았다. 노인은 이곳 사람 그 누구도 그의 물건에 손을 대지 않으리라고 확신하고 있었다. 하지만 배에 갈고리와 작살을 그대로 놔두는 것은 쓸데없이 그들을 유혹하는 짓일 수도 있었다.

두 사람은 함께 노인의 오두막까지 걸어 올라간 뒤 열린 문을 통해 안으로 들어갔다. 노인은 돛으로 둘둘 감은 돛대를 벽에 기대어 놓았고 소년은 상자를 비롯해 다른 어구들을 그 옆에 놓았다. 돛대는 오두막의 단칸방만큼이나 길었다. 오두막은 ‘구아노’라 불리는 대왕 야자수의 나무껍질로 지은 집이었다.

집안에는 침대와 탁자와 의자가 각각 하나씩 놓여 있었으며 흙바닥에는 숯불을 피워서 요리하는 곳이 있었다. 질긴 섬유질의 구아노 잎을 포개서 만들어 놓은 평평한 갈색 벽에는 예수 그리스도의 성심 상(像) 그림과 코브레의 성모 마리아 그림이 걸려 있었다. 그림은 둘 다 채색화였으며 노인의 죽은 아내 유품이었다. 한때 그 벽에는 그의 아내의 흐릿한 사진이 걸려 있었지만 그는 그것을 떼어냈다. 사진을 바라볼 때마다 너무 외로웠기 때문이었다. 지금 그 사진은 방구석 선반 위 그의 깨끗한 셔츠 밑에 놓여 있었다.

"뭐, 드실만한 게 있으세요?" 소년이 물었다.

"생선을 넣고 끓인 노란 쌀밥이 한 그릇 있어. 좀 먹겠니?"

"아뇨, 집에서 먹을래요. 불을 좀 피울까요?"

"아니, 나중에 내가 피울게. 아니면 그냥 찬밥을 먹어도 돼."

"투망을 좀 가져가도 될까요?"

"물론이지."

하지만 그곳에 투망은 없었고 소년은 투망을 언제 팔아치웠는지도 기억하고 있었다. 하지만 두 사람은 매일 그렇게 있지도 않은 일을 지어내어 이야기하곤 했다. 노란 쌀밥과 생선도 있을 리 없었고 소년은 그 사실도 알고 있었다.

"85는 재수 좋은 숫자지." 노인이 말했다. "내장을 빼내고도 500킬로그램 정도 나가는 물고기를 잡아 오는 걸 보고 싶지 않니?"

"제가 투망을 구해서 정어리를 잡아 올게요. 할아버지는 문간에서 볕이라도 쬐고 계세요."

"오냐. 어제 신문이 있으니 야구 소식이나 읽고 있겠다."

소년은 어제 신문 이야기도 꾸며낸 이야기나 아닌지 의심스러웠다. 그런데 노인은 침대 밑에서 정말로 신문을 꺼냈다.

"보데가(작은 식료품 가게를 일컫는 스페인어-옮긴이 주)에서 페리코가 주더구나."

"정어리를 잡아서 다시 오겠어요. 제 거랑 할아버지 거랑 함께 얼음에 채워놓았다가 내일 아침에 나누도록 해요. 제가 돌아온 다음에 야구 이야기를 해주세요."

"양키스는 질 리가 없어."

"하지만 클리블랜드 인디언스도 만만치 않아요."

"얘야, 양키스는 믿어도 돼. 위대한 디마지오가 있지 않니?"

"디트로이트 타이거스도 만만치 않아요. 클리블랜드 인디언스는 물론이고요."

"그런 말 말아라. 그러다가는 신시내티 레즈랑 시카고 화이트삭스도 겁내겠구나."

"할아버지, 신문을 잘 읽어두세요. 그리고 제가 돌아온 다음에 이야기해 주세요."

"우리 85로 끝나는 복권 한 장 사면 어떻겠니? 내일이 85일째 되는 날이거든."

"그래도 좋겠네요." 소년이 말했다. "하지만 87은 어때요? 할아버지가 대기록을 세웠잖아요."

"그런 일은 다시는 없을 게다. 끝자리가 85인 복권을 구할 수 있겠니?"

"한 장 주문할게요."

"한 장만 사라. 2달러 50센트잖니. 그런데 누구에게 그 돈을 꾸지?"

"문제없어요. 2달러 50센트 정도는 언제고 빌릴 수 있어요."

"나도 빌릴 수 있지. 하지만 그러지 않겠어. 처음에는 돈을 빌리지. 하지만 다음에는 구걸하게 되는 법이거든."

"할아버지, 몸을 덥히고 계세요. 벌써 9월이라는 걸 잊지 마세요."

"큰 고기가 물릴 철이지." 노인이 말했다. "5월에는 너도나도 어부 행세를 할 수 있지만 말이다."

"정어리를 잡으러 갔다 오겠어요." 소년이 말했다.

소년이 돌아왔을 때 노인은 의자에 앉은 채 잠들어 있었고 해는 기울어 있었다. 소년은 낡은 군용 담요를 침대에서 벗겨 낸 후 의자 뒤쪽에 펼쳐서 노인의 어깨를 덮어주었다. 나이가 들었지만 여전히 힘이 넘치는 유별난 어깨였다. 목에도 힘이 넘치고 있었고 노인이 고개를 떨구고 잠들어 있을 때도 주름살 은 별로 보이지 않았다. 셔츠는 돛과 마찬가지로 하도 여러 번 기웠기에 기운 조각들이 각기 다른 색깔로 햇볕에 바래 있었 다. 하지만 노인의 머리는 역시 매우 늙어 보였으며 감겨 있는 그의 눈에서 생기라고는 찾아볼 수 없었다. 신문은 그의 무릎 위에 놓여 있었고 그의 팔 무게 때문에 저녁 미풍에도 흘러내 리지 않았다. 노인은 맨발이었다.

소년은 노인을 그대로 둔 채 잠시 그 곁을 떠났다. 그가 다시 돌아왔을 때도 노인은 여전히 잠들어 있었다.

"할아버지, 일어나세요." 소년은 노인의 무릎에 한 손을 얹으 며 말했다.

노인이 눈을 떴다. 마치 잠시 먼 길을 떠났다가 돌아온 듯한 표정이었다. 노인이 빙그레 미소 지었다.

"뭘 갖고 온 게냐?" 노인이 물었다.

"저녁 식사요. 할아버지, 저랑 함께 저녁 드세요."

"별로 배고프지 않은데."

"그러지 말고 드세요. 뭘 드시지 않고는 고기잡이에 나가실 수 없어요."

"그런 적이 많은데……." 노인이 의자에서 일어나며 신문을 들어서 접었다. 이어서 그는 담요를 접기 시작했다.

"담요는 그대로 두르고 계세요." 소년이 말했다. "제가 살아 있는 한 아무것도 드시지 않은 채 고기잡이하러 나가시게 내버려 두지 않을 거예요."

"그래, 오래 살면서 네 몸을 돌보려무나. 그래, 먹을 게 뭐 있니?" 노인이 말했다.

"검정콩하고 밥이요. 바나나 튀김과 스튜도 있어요."

소년은 '테라스'에서 두 단으로 된 양은그릇에 음식을 담아 왔다. 그의 주머니에는 냅킨에 싼 두 벌의 나이프와 포크, 숟가락이 들어있었다.

"누가 준 거니?"

"마틴 씨요. 제가 타는 배 주인 말이에요."

"고맙다고 해야겠구나."

"제가 벌써 고맙다고 했어요. 할아버지가 따로 고맙다고 하실 필요 없어요."

"큰 고기를 잡으면 뱃살을 줘야겠다." 노인이 말했다. "우리에게 이렇게 음식을 준 게 이번 한 번이 아니잖니?"

"그럴걸요."

"그러면 뱃살 말고 다른 것도 더 줘야겠다. 우리 생각을 많이 해주는구나."

"맥주도 두 잔 줬어요."

"나는 캔 맥주가 좋은데."

"알아요. 하지만 병맥주예요. 아투에이 맥주요. 병은 돌려줘야 해요."

"넌 정말 착한 애다. 그럼 어디 먹어볼까?"

"벌써부터 드시라고 했잖아요. 드실 준비될 때까지 맥주 뚜껑을 따고 싶지 않았어요." 소년이 다정스럽게 말했다.

"이제 준비됐다." 노인이 말했다. "손 씻을 시간이 좀 필요했던 거야."

어디서 손을 씻었다는 걸까? 소년이 생각했다. 이 마을에서 물을 공급해 주는 곳은 두 블록 아래에 있었다. 할아버지에게 물을 길어다 주는 건데, 라고 소년은 생각했다. 비누와 수건도 갖다 드리는 건데. 난 왜 늘 이렇게 생각이 모자라지? 셔츠도 한 벌 갖다 드리고 겨울 재킷이랑 신발, 그리고 담요도 한 장 더 갖다 드려야겠어.

"이 스튜가 정말 맛있구나." 노인이 말했다.

"야구 이야기 좀 해주세요." 소년이 말했다.

"아메리칸 리그에서는 뭐니 뭐니 해도 양키스야." 노인이 즐거운 표정으로 말했다.

"오늘 졌잖아요." 소년이 말했다.

"그건 별거 아니야. 그 위대한 디마지오가 다시 제 실력을 발휘할 테니까."

"그 팀에는 다른 선수들도 많잖아요."

"당연하지. 하지만 디마지오는 달라. 내셔널 리그에서는 브루클린과 필라델피아 중에서 브루클린 편을 들고 싶다. 그러고 보니 딕 시슬러가 생각나는구나. 그가 옛 구장에서 보여준 그 엄청난 홈런 말이다."

"그런 홈런을 날린 사람은 없지요. 제가 본 중에 제일 멀리 날린 홈런 같아요."

"그가 '테라스'에 왔던 것 기억나니? 고기잡이에 함께 데려가고 싶었는데 내가 너무 수줍어서 말을 못 했지. 그래서 네게 부탁해보려고 했는데 너도 수줍어했지."

"생각나요. 정말 큰 실수였어요. 분명히 우리랑 갔을 텐데.

그러면 평생 못 잊을 자랑거리가 됐을 텐데 말이에요.”

“위대한 디마지오를 낚시에 데려가고 싶구나. 들리는 말로는 그 선수 아버지가 어부였다더라. 그 사람도 분명히 우리처럼 가난했을 거고 우리를 잘 이해해줄 거야.”

“시슬러 아버지는 가난해 본 적이 없대요. 그 선수 아버지는 제 나이 때 벌써 메이저 리그 선수였대요.”

“내가 네 나이 때는 아프리카로 항해하는 범선 돛대 앞에 서 있었지. 저녁이면 해변에서 사자들의 모습을 볼 수 있었지.”

“알아요. 전에 이야기해주셨어요.”

“아프리카 이야기를 할까, 아니면 야구 이야기를 할까?”

“야구가 낫겠어요. 그 위대한 존 J. 맥그로 선수 이야기를 해주세요.” 소년은 J를 스페인어식으로 호타라고 발음했다.

“그 친구도 전에 가끔 ‘테라스’에 오곤 했지. 하지만 술이 들어가면 거칠어지고 입도 험해져서 다루기 힘들었지. 그 친구는 야구만큼 경마에도 관심이 있었어. 주머니에 말 이름들이 적힌 종이를 늘 넣고 다녔으니까. 그리고 전화에 대고 말 이름을 죽 늘어놓곤 했지.”

“그 사람은 훌륭한 감독이기도 했지요? 아버지는 그 사람이 제일 훌륭한 감독이라고 생각하세요.”

"그건 말이다, 그 사람이 이곳을 제일 많이 찾았기 때문이란다. 만일 듀로처가 매년 이곳으로 왔다면 네 아버지는 그 사람이 제일 훌륭한 감독이라고 했을 거다."

"진짜로 훌륭한 감독은 누구예요? 루케인가요, 아니면 곤잘레스인가요?"

"내 생각에는 둘이 비슷비슷해."

"가장 훌륭한 어부는 할아버지이시지요."

"아니다. 나보다 뛰어난 어부들이 얼마나 많은데."

"케바!(그럴 리가요, 라는 뜻의 스페인어-옮긴이 주)" 소년이 말했다. "좋은 어부들은 많아요. 뛰어난 어부들도 있고요. 하지만 할아버지가 최고예요."

"고맙구나. 네 말을 들으니 기쁘다. 너무 큰 고기가 걸려서 우리 생각이 틀렸다는 걸 증명해주지 않았으면 좋겠다."

"할아버지가 할아버지 말씀대로 아직 힘이 있으시다면 그런 고기는 없어요."

"나는 내 생각만큼 그렇게 힘이 강하지 않을지도 몰라. 하지만 나는 요령을 많이 알고 있는 데다가 절대로 꺾이지 않아."

"이제 그만 주무시도록 하세요. 그래야 아침에 기운을 내실 수 있지요. 전 가져온 그릇들을 '테라스'에 돌려줘야겠어요."

"그럼 잘 가거라. 새벽에 깨워주마."

"할아버지는 제 자명종이세요."

"나이가 자명종 역할을 하는 거지. 노인은 왜 그렇게 일찍 일어나는 걸까? 하루를 좀 더 길게 늘여보고 싶어서일까?" 노인이 말했다.

"모르겠어요. 제가 아는 건 젊은 애들은 늦게까지 곤하게 잠을 잔다는 것뿐이에요." 소년이 대답했다.

"나도 그랬었지." 노인이 말했다. "내가 늦지 않도록 깨워주마."

"전 주인아저씨가 깨워주는 게 싫어요. 마치 제가 그분보다 못난 놈이 된 것 같거든요."

"알아."

"안녕히 주무세요, 할아버지."

소년이 밖으로 나갔다. 두 사람은 식탁에 불을 밝히지 않은 채 식사를 한 것이었고, 노인은 어둠 속에서 바지를 벗고 침대로 들어갔다. 그는 바지를 둘둘 말더니 신문을 접어 그 안에 넣고 베개로 삼았다. 그는 담요로 몸을 둘둘 감고 침대 스프링 위에 놓여 있는 다른 신문지들을 이불 삼아 잠을 청했다.

잠깐 잠들어 있는 동안에 노인은 자신이 소년이었을 때 가보았던 아프리카 꿈을 꾸었다. 그는 꿈속에서 황금빛으로 빛나는

긴 해변들과 눈이 부시도록 하얀 해변들, 높은 갑(岬)들과 갈색의 거대한 산들을 보았다. 요즘 그는 매일 밤 꿈속에서 그 해변들을 따라 살고 있었고 파도의 포효 소리를 들었으며 원주민들의 보트가 파도를 헤치며 다가오는 모습을 보았다. 그는 잠을 자면서 갑판의 타르와 뱃밥(낡은 밧줄을 푼 것; 누수 방지용으로 틈새를 메움-옮긴이 주) 냄새를 맡았고 아침에 육지의 미풍에 실려 오는 아프리카의 냄새를 맡았다.

그는 평상시에는 육지에서 불어오는 미풍 냄새를 맡으면 잠에서 깨어났다. 그런 후 옷을 입고 소년을 깨우러 갔다. 하지만 오늘 밤은 그 냄새가 너무 일찍 풍겨왔다. 그는 꿈속에서도 너무 이르다는 것을 알고 계속 꿈을 꾸었다. 그는 섬들의 하얀 봉우리들이 바다 위에 우뚝 서 있는 모습을 보았고 이어서 카나리아 제도의 여러 항구와 정박지가 꿈속에 나타났다.

그는 더 이상 폭풍우, 여자, 큰 사건들, 거대한 고기, 싸움, 힘겨루기에 대한 꿈을 꾸지 않았으며 죽은 아내에 대한 꿈도 꾸지 않았다. 그는 다만 아프리카의 여러 곳, 사자들이 모습을 보이는 해변에 대한 꿈만 꾸었다. 사자들은 땅거미가 지는 가운데 고양이처럼 뛰놀았고 그는 소년을 사랑하듯 사자들을 사랑했다. 그는 소년의 꿈은 단 한 번도 꾸지 않았다. 문득 눈을 뜬 그는 열린 문을 통해 달을 바라보고는 둘둘 만 바지를 풀어 입었다. 그는 오두막 밖에서 오줌을 눈 다음 소년을 깨우러 길을 따라 올라갔다. 아침 추위에 몸이 떨렸다. 하지만 그는 이렇게 몸을 떨다 보면 조금씩 몸이 훈훈해지리라는 것, 곧 바다에서 노를 젓게 되리라는 것을 알고 있었다.

소년이 사는 집의 문은 잠겨 있지 않았다. 노인은 문을 열고 맨발로 조용히 안으로 들어갔다. 소년은 첫 번째 방 간이침대에 누워 잠을 자고 있었다. 기울어가는 달빛에 소년의 모습이 또렷이 보였다. 노인은 소년의 한쪽 발을 가만히 잡았다. 잠시 후 소년이 잠에서 깨어나 얼굴을 돌려 노인을 바라보았다. 노인이 고개를 끄덕였고 소년은 침대 옆에 걸쳐놓은 바지를 집어들고 침대에 앉아서 입었다.

노인이 밖으로 나가자 소년이 뒤따랐다. 소년은 아직 졸린 기색이 역력했다. 노인은 소년의 어깨를 감싸며 말했다.

"미안하구나."

"무슨 말씀이세요. 사내라면 당연히 해야 할 일인데요."

그들은 노인의 오두막을 향해 길을 따라 내려갔다. 어둠 속에서 맨발의 사내들이 돛대를 어깨에 메고 길을 가고 있었다.

노인의 오두막에 도착하자 소년은 둘둘 말아 바구니에 넣어

두었던 낚싯줄과 작살, 갈고리들을 집어 들었고 노인은 돛이 감겨 있는 돛대를 어깨에 메었다.

"커피 좀 드실래요?" 소년이 물었다.

"어구들을 배에 싣고 난 다음에 마시자꾸나."

두 사람은 아침 일찍 어부들을 상대로 이것저것 팔고 있는 가게에서 연유 깡통으로 커피를 마셨다.

"할아버지, 어젯밤에 편히 주무셨어요?" 소년이 물었다. 좀처럼 잠을 떨치기 어려웠지만 조금씩 정신이 들고 있었다.

"아주 잘 잤단다, 마놀린." 노인이 말했다. "오늘은 왠지 자신감이 넘치는구나."

"저도 그래요. 이제 할아버지 정어리랑 제 정어리를 가져와야겠어요. 할아버지의 신선한 미끼하고요. 제 주인아저씨는 어구들을 직접 날라요. 그 누구에게도 절대로 맡기지 않아요."

"우린 다르지." 노인이 말했다. "나는 네가 다섯 살 때부터 물건들을 나르게 했지."

"알아요." 소년이 말했다. "곧 돌아올게요. 커피 한 잔 더 들고 계세요. 이 집은 외상이 되잖아요."

소년은 밖으로 나가 맨발로 산홋빛 바위 위를 걸어 미끼를 보관해둔 얼음 창고로 갔다. 노인은 천천히 커피를 마셨다. 그가 하루 동안에 입에 대는 유일한 음식이었기에 노인은 커피를 마셔둬야 한다는 것을 잘 알고 있었다. 노인은 오래전부터 먹는 게 귀찮아져서 점심을 챙기지 않았다. 그는 뱃머리에 물 한 병만 실었으며 하루 내내 그것만으로도 충분했다.

소년은 곧 정어리와 신문지에 싼 두 덩어리의 미끼를 가지고 돌아왔다. 그들은 발바닥에 자갈 섞인 모래의 감촉을 느끼며 오솔길을 따라 배를 정박해 둔 곳으로 내려간 다음 배를 들어 올려 물 위에 미끄러뜨렸다.

"할아버지, 행운을 빌어요."

"너도."

노인은 노의 밧줄 끝 매듭을 놋좆에 끼워 넣은 다음 상체를 앞으로 구부린 채 물속의 노를 뒤로 밀어내며 어둠 속에서 항구 밖으로 배를 저어나가기 시작했다. 다른 해안에서 출발한 배들이 이미 바다를 향해 여러 척 나아가고 있었다. 비록 달이 언덕 뒤로 넘어가 있어 그들 모습이 보이지 않았지만 노인은 노 젓는 소리를 들을 수 있었다.

이따금 배에서 사람들 말소리가 들리곤 했다. 하지만 대부분의 배에서는 노 젓는 소리 외에는 아무 소리도 들리지 않았다. 배들은 항구로부터 멀어짐에 따라 서로 흩어진 채 각자 고기를 잡기로 점찍어둔 대양의 어느 지점을 향해 나아갔다. 노인은 아주 멀리까지 가려고 마음먹고 있었다. 노인은 뭍 냄새를 뒤로하고 이른 아침의 싱그러운 바다 냄새를 향하여 노를 저었다. 어부들이 '큰 우물'이라고 부르는 곳까지 노 저어가자 물속에서 모자반 속(屬)의 해조들이 빛을 발하고 있는 것이 보였다. 바다가 갑자기 수백 길 깊어졌기에 그렇게 불렀으며 가파른 해저의 벽에 해류가 부딪쳐 소용돌이를 일으키면서 온갖 종류의 물고기가 떼를 지어 모여드는 곳이었다. 여기저기 작은 새우들과 다른 물고기들의 먹이가 되는 물고기들이 떼 지어 모여 있었고 때로는 깊은 구덩이 속에 오징어 무리도 있었다. 밤이 되면 그것들은 수면 가까이 떠올라 떠돌아다니는 온갖 물고기의 먹이가 되었다.

노인은 어둠 속에서 차츰 날이 밝아오는 것을 느낄 수 있었다. 노인은 노를 저으며 날치가 수면 위로 날아오르면서 내는 부르르 떨리는 소리, 날개를 빳빳하게 편 채 어둠 속에서 높이 솟아오르면서 내는 날갯짓 소리를 들을 수 있었다. 노인은 날치를 무척이나 좋아했다. 바다 위에서 만날 수 있는 제일 친한 친구이기 때문이었다. 그는 새들, 그중에서도 특히 작고 고운 제비갈매기를 불쌍하게 생각했다. 하늘을 날면서 먹이를 찾지

만 좀처럼 먹이를 발견하는 일이 드물기 때문이었다. 그는 생각했다,

'도둑질하는 새들이나 강한 새들을 제외하면 새들은 우리보다 고달프게 살고 있어. 바다는 그토록 난폭할 수도 있건만 왜 바다제비 같은 새들은 그토록 곱고 예쁜 걸까? 바다는 친절하고 아름다워. 하지만 바다는 사나울 수도 있어. 그것도 느닷없이 말이야. 그런데 연약하고 슬픈 목소리로 하늘을 날다가 바닷물에 몸을 담그고 사냥을 하는 새들은 바다에서 살아가기에는 너무 연약하게 생겨 먹었단 말이야.'

그는 바다는 스페인어 식으로, 라 마르라고 불리는 게 옳다고 늘 생각했다. 스페인 사람들은 바다를 사랑하기에 바다를 그렇게 여성형으로 부른다. 바다를 사랑하는 사람이 바다에 대해 험담을 하는 경우가 있긴 하지만 그렇더라도 그들에게 바다는 늘 여성이다. 젊은 어부들이 가끔 바다를 남성형인 엘 마르라고 부르는 경우도 있다. 그들은 낚시할 때 찌 대신 부표를 사용하며 상어 간(肝)을 팔아 큰돈을 벌면 모터보트를 산다. 그들은 라 마르를 경쟁자로 생각하거나 그냥 돈을 버는 장소로 생각하며 심지어 적으로 생각하기도 한다. 하지만 노인은 바다를 늘 여성이라고 생각해 왔으며 바다는 늘 대단한 호의를 베풀어

준다고 생각했다. 노인 생각에 바다가 가끔 사나워지거나 심술을 부리는 것은 바다로서도 어쩔 수 없는 일이었다. 달이 여자들에게 영향을 미치듯 바다에도 영향을 미치는 거야, 라고 그는 생각했다.

그는 꾸준히 노를 저었다. 계속 일정 속도를 유지하고 있었기에 별로 힘들지 않았다. 가끔 해류가 소용돌이칠 때도 있었지만 바다는 대체로 잔잔했다. 노인은 노 젓는 일의 삼분의 일가량은 해류의 힘을 빌리고 있었다. 동이 틀 무렵 노인은 그 시각에 도달하려 했던 곳보다 훨씬 멀리 와 있음을 알 수 있었다.

일주일 동안 이곳 '깊은 우물'을 헤맸지만 아무 소득이 없었지, 라고 그는 생각했다. 오늘은 가다랑어나 날개다랑어 떼가 몰려 있는 곳에서 작업해야겠다. 그놈들 사이에 큰 놈이 섞여 있을지 모르니까.

날이 훤히 밝아지기 전에 그는 미끼를 꺼내고 배를 해류의 흐름에 맡겼다. 그는 첫 번째 미끼를 바닷속 40길 깊이까지 드리웠다. 다른 하나는 75길 되는 곳에, 세 번째와 네 번째는 각각 100길과 125길이나 되는 훨씬 깊은 곳에 드리웠다. 각각의 미끼마다 고기 대가리를 아래쪽으로 해서 거꾸로 단단히 꿰어 놓았으며 낚시 갈고리의 구부러진 부분과 끝부분은 신선한 정어리로 감싸 놓았다. 정어리는 두 눈을 낚싯바늘로 꿰어놓았기에 마치 삐죽 나온 강철 부분에 장식해 놓은 반달 모양의 화환 같았다. 낚싯바늘 전체 어느 한 부분에서도 커다란 물고기에게 먹음직스럽고 구수한 냄새가 풍기지 않는 곳이 없었다.

소년은 노인에게 신선한 작은 다랑어를 두 마리 주었다. 날개다랑어였다. 노인은 가장 깊은 곳에 드리운 두 대의 낚시에 그것들을 한 마리씩 추처럼 매달았고 다른 낚시에는 전에 사용했던 커다란 푸른 전갱이 한 마리와 노란 창꼬치 새끼를 매달았다. 전에 한 번 사용한 미끼였지만 아직 충분히 쓸만했고 그 외에 고기들을 구수한 냄새로 유혹할만한 정어리도 매달아 놓았다.

마치 커다란 연필처럼 굵은 낚싯줄에는 각각 초록색 칠을 한 막대기를 매달아 놓았기에 물고기가 미끼를 잡아당기거나 건드리면 막대기가 물속으로 잠기게 되어 있었다. 어느 낚싯줄이건 70미터짜리 밧줄이 두 개씩 달려 있고 필요한 경우에는 다른 스페어 줄들과 연결해서 물고기에게 500미터 넘게 줄을 풀어줄 수도 있었다.

노인은 이제 뱃전에 떠 있는 세 개의 막대기를 바라보며 낚싯줄이 적당한 깊이에서 위에서 아래로 팽팽하게 늘어져 있을 수 있도록 천천히 노를 저었다. 이제 제법 날이 훤해져 금방이라도 해가 떠오를 것 같았다.

해가 바다에서 어렴풋이 떠오르자 다른 고깃배들이 수면에 바짝 붙은 채 해류를 가로지르며 해안 가까이 흩어져 떠 있는 모습이 보였다. 해가 점점 밝게 떠올랐고 바닷물이 반짝였다. 이어서 해가 완전히 모습을 드러내자 평평한 바닷물에 반사된 햇빛에 너무 눈이 부셔서 그는 그 빛을 피해서 노를 저었다. 그는 눈길을 물 쪽으로 향한 채 어두운 물속으로 똑바로 뻗어 내려간 낚싯줄을 바라보았다. 노인은 그 어느 어부보다도 팽팽하게 낚싯줄을 드리울 줄 알았다. 그래야만 각각의 미끼를 어두운 해류 속 자신이 원하는 곳에 정확히 위치시켜서 그곳을 헤엄쳐 가리라고 기대하고 있는 고기를 정확히 낚을 수 있었다. 다른 어부들은 해류의 흐름에 미끼가 흔들리게 해놓았기에 100길 아래에 놓았다고 생각한 미끼가 실제로는 60길 정도 아래에서 떠돌고 있을 뿐이었다.

하지만 나는 정확하게 미끼들을 드리울 수 있지, 라고 그는 생각했다. 내게는 운이 없었을 뿐이야. 하지만 알게 뭐람. 오늘은 운이 따를지도 모르지. 매일, 매일 새로운 날이니까. 물론 운이 따른다면 좋겠지. 하지만 나는 모든 것을 빈틈없이 하고 싶어.

그래야 행운이 와도 그것을 붙잡을 준비가 되어 있을 테니까.

태양이 떠오른 지 두 시간이 지났고 이제 별로 눈이 부시지 않아서 그는 동쪽을 바라보았다. 이제 겨우 세 척의 배만 눈에 들어왔다. 배들은 저 멀리 해안선 쪽에 낮게 떠 있었다.

평생 아침 햇살에 눈을 상했지, 라고 그는 생각했다. 그래도 여전히 내 눈은 멀쩡해. 저녁에 해를 똑바로 바라보아도 눈앞이 캄캄해지지 않으니까. 저녁 햇살이 지금보다 더 강한 데도 말이야. 하지만 아침 햇살은 너무 따가워.

그때 군함새 한 마리가 긴 검은 날개를 활짝 펼치고 그의 눈앞에서 선회하는 것이 보였다. 군함새는 날개를 뒤로 쭉 젖히고 비스듬히 수면을 향해 급강하하더니 다시 휙 하늘로 솟구친 다음 다시 공중을 선회했다.

"저놈이 뭔가를 본 거야." 노인이 큰 소리로 말했다. "단순히 먹이를 찾고 있는 게 아니야."

그는 새가 선회하는 곳을 향해서 천천히 침착하게 노를 저었다. 그는 서두르지 않고 낚싯줄이 위에서 아래로 팽팽하게 드리워져 있도록 조심했다. 하지만 그는 해류와 약간 가까운 곳까지만 배를 몰았다. 물고기를 보다 정확하게 낚아 올리기 위해서였다. 물론 새를 이용하면 그렇게 하지 않는 것보다 좀 더 빨리 고기를 낚을 수 있다는 장점도 있었지만 말이다.

새가 공중에 좀 더 높이 올라가 날갯짓을 하지 않은 채 선회했다. 그런 후 새가 급강하했다. 순간 날치가 불쑥 물 위로 솟구치더니 수면 위를 필사적으로 미끄러지는 모습이 보였다.

"돌고래다!" 노인이 큰 소리로 말했다. "커다란 돌고래다."

그는 놋좆에 노를 걸어놓고 뱃머리 아래에서 작은 낚싯줄을 가져왔다. 철사로 된 목줄과 중간 크기의 낚시가 달린 낚싯줄이었다. 노인은 그 낚시에 정어리 한 마리를 미끼로 달았다. 그는 뱃전 너머로 낚싯줄을 던진 다음 고물에 있는 고리 모양의 볼트에 단단히 묶었다. 그런 후 그는 다른 낚싯줄에도 미끼를 달아 둘둘 감은 다음 뱃머리 구석에 놓았다. 그는 다시 노를 젓기 시작하면서 긴 날개의 검은 군함새를 바라보았다. 군함새는 수면 가까이 날면서 열심히 먹이를 찾고 있었다.

새가 다시 날개를 비스듬히 기울이고 급강하했다. 새는 날치를 쫓으면서 거세게 날갯짓을 했지만 이번에도 실패였다. 그때 노인의 눈에 수면이 약간 부풀어 오르는 모습이 보였다. 커다란 돌고래가 도망가는 고기를 쫓아 몸을 솟구쳤다. 돌고래는 날아오른 날치 떼 아래에서 물살을 가르며 헤엄치고 있었다. 돌고래는 날치가 다시 물에 떨어지면 전속력으로 먹이를 뒤쫓았다. 거대한 돌고래 떼로군, 이라고 노인은 생각했다. 돌고래들이 무리 지어 저렇게 널리 퍼져 있으니 날치들이 도망갈 방법이 별로 없겠어. 군함새도 먹이를 차지할 기회가 없겠고. 군함새가 잡아채기에는 날치가 너무 크고 빠르단 말씀이야.

그는 날치가 여러 번 다시 치솟아 오르는 것을 볼 수 있었고 새가 헛된 행동을 다시 하는 것도 볼 수 있었다. 돌고래 무리가 내게서 멀어지는군, 이라고 그는 생각했다. 너무 빨리 멀어지고 있어. 하지만 무리에서 떨어진 놈 한 마리쯤은 잡을 수 있을지도 모르지. 어쩌면 큰 고기가 놈들 주변에 있는지도 모르지. 내가 노리는 큰 고기가 그 근처 어딘가에 있을 거야.

뭍에는 구름이 산처럼 솟아올라 있었고 뒤로 흐릿한 푸른 언덕이 보이는 해안은 한 가닥 긴 녹색 줄처럼 보일 뿐이었다. 이제 바닷물은 거의 자줏빛으로 보일 만큼 검푸른 빛을 띠고 있었다. 어두운 물속을 들여다보니 체로 친 듯한 붉은 플랑크톤 무리가 떠다니는 것이 보였다. 플랑크톤들은 햇빛의 영향으로 야릇한 색조를 띠고 있었다. 그는 낚싯줄이 눈에 보이지 않는 곳까지 똑바로 드리워져 있는지 살펴보았다. 그는 기분이 좋았다. 플랑크톤이 많다는 것은 고기가 많다는 것을 뜻하기 때문이었다. 해가 높이 떠올랐는데도 물속에 야릇한 색깔을 만들어

낸다는 것은 날씨가 좋을 징조였고 뭍의 구름 모양도 마찬가지였다. 그러나 군함새는 어느덧 시야에서 사라졌고 수면에서는 햇살을 받아 노랗게 바랜 바닷말 몇 조각과 전기 해파리의 끈적끈적한 젤라틴 모양의 보랏빛 기포가 아롱진 색깔로 반짝이며 둥둥 떠 있을 뿐 아무것도 보이지 않았다. 전기 해파리는 옆으로 누웠다가 다시 몸을 곧추세우고는 했다. 놈은 자줏빛 촉수를 물속으로 길게 뻗은 채 물거품처럼 유유히 떠다니고 있었다.

"아구아 말라(해파리를 일컫는 스페인어—옮긴이 주)로군! 이런 갈보 같은 것들!" 노인이 말했다.

그는 가볍게 흔들리는 몸을 노에 기댄 채 물속을 들여다보았다. 가는 실처럼 아주 작은 물고기들이 해파리들 사이에서, 또한 해파리들이 떠다니면서 내는 거품 아래서 헤엄치고 있었다. 이런 작은 고기들은 해파리의 독에 면역력이 있었다. 하지만 사람은 그렇지 않았다. 그 보랏빛 끈적끈적한 실 같은 것이 몇 가닥이라도 낚싯줄에 매달려 있다가 노인이 고기를 낚아 올릴 때 그것을 만지게 되면 마치 독 담쟁이덩굴이나 옻나무를 만졌을 때처럼 팔에 부푼 자국이나 물집이 생긴다. 게다가 해파리의 독은 훨씬 빨리 번지고 마치 채찍에라도 맞은 듯 금세 부어올라 욱신거리게 된다.

해파리에서 나오는 무지갯빛 거품은 아름다웠다. 하지만 그놈은 바다에서 가장 고약한 놈이었다. 노인은 거대한 바다거북이 해파리를 먹어 치우는 모습을 보면 기분이 좋았다. 바다거북은 해파리를 발견하면 눈을 감고 온몸을 등껍질 속에 완벽하게 숨긴 채 놈에게 달려들어 촉수부터 몸통까지 한꺼번에 먹어 치운다. 노인은 바다거북이 해파리를 잡아먹는 모습을 바라보는 것이 즐거웠을 뿐 아니라 폭풍 뒤에 해변으로 밀려온 해파리들을 밟으며 걷는 것도 좋아했다. 그가 각질의 맨발로 해파리를 밟으면 해파리는 퍽퍽 소리를 내며 터졌다.

노인은 녹색 거북과 대모 거북을 좋아했다. 그것들은 생김새도 우아한 데다 동작도 빨랐고 값도 꽤 나갔다. 하지만 거대하고 우둔한 붉은 거북에 대해서는 친근감과 경멸감을 동시에 느꼈다. 놈들은 누런 껍데기를 뒤집어쓰고 있었으며 교미도 이상하게 했고 눈을 감은 채 전기 해파리들을 신나게 잡아먹었다.

노인은 여러 해 동안 바다거북잡이 배에 탄 적이 있었지만 거북이에 대해서는 신비감을 느끼지 않았다. 거북이는 거의 배의 길이에 맞먹을 만한 등껍질을 하고 있으며 큰 놈은 무게가 1톤이나 나갔다. 대부분의 사람은 거북이에게 냉혹했다. 하지만 그는 거북이가 불쌍했다. 거북이의 몸을 자르고 조각낸 뒤에도 몇 시간 동안 심장이 뛰고 있기 때문이었다. 나도 그런 심장을 갖고 있고 내 손발도 거북이 손발과 같아, 라고 노인은 생각했다. 노인은 기운을 돋우기 위해 바다거북의 하얀 알들을 먹었다. 그는 5월 내내 알들을 먹었다. 9월과 10월에 진짜로 큰 고기를 잡을 수 있도록 힘을 기르기 위해서였다.

그는 또한 어부들이 어구를 맡겨두는 판잣집의 커다란 드럼통에 들어있는 상어 간유를 매일 한 컵씩 마셨다. 누구든지 원하는 사람은 마실 수 있도록 놓아둔 것이었다. 하지만 대부분의 어부는 그 맛을 끔찍하게 여겼다. 그래도 찌뿌둥한 몸으로 억지로 잠자리에서 일찍 몸을 일으키는 것보다는 나았다. 게다가 간유는 감기나 독감에 걸리지 않게 해주었고 눈에도 좋았다.

노인이 고개를 드니 군함새가 다시 공중을 선회하는 모습이 보였다.

"고기를 발견했구나." 노인이 큰 소리로 말했다. 이제는 수면 위로 날아오르는 날치의 모습도 보이지 않았으며 새들의 먹잇감 물고기들이 우왕좌왕 흩어지는 모습도 보이지 않았다. 하지만 작은 다랑어가 공중으로 솟구치더니 몸을 뒤집은 다음 다시 물속으로 머리부터 처박는 모습이 보였다. 다랑어가 햇빛을 받아 은색으로 반짝였고 한 놈이 물속으로 다이빙한 뒤에 다른 놈들이 연달아 뛰어올랐다. 다랑어들은 사방으로 뛰어오르면서 물을 뒤흔들었고 먹이를 쫓아 멀리 점프를 했다. 다랑어들은 먹이 주변에 둥글게 원을 그리면서 먹이들을 쫓고 있었다.

저놈들이 너무 빨리 움직이지만 않는다면 놈들 복판으로 들어갈 수 있을 텐데, 라고 노인은 생각했다. 노인은 물 색깔을 하얗게 변화시키면서 떠도는 다랑어 떼를 바라보았다. 군함새가 다시 급강하하더니 겁에 질려 수면으로 올라온 고기들을 노리고 수면에 주둥이를 처박았다.

"새가 큰 도움이 된단 말씀이야." 노인이 말했다. 바로 그때 한 바퀴 감아서 고리처럼 발끝에 걸어놓은 고물 쪽 낚싯줄이 팽팽하게 당겨지는 것이 느껴졌다. 노인은 노를 걸어놓은 다음 낚싯줄을 단단히 붙잡고 잡아당겼다. 부르르 몸을 떨며 저항하는 작은 다랑어의 무게가 느껴졌다. 그가 줄을 잡아당길수록 저항하는 힘이 더욱 강해지더니 물속에서 고기의 푸른 등과 황금빛 옆구리가 보였다. 곧이어 고기는 옆구리를 흔들면서 배 위로 끌어올려졌다. 몸집이 단단하고 총알처럼 생긴 그놈은 고물 쪽에 널브러져 햇볕을 온몸에 받고 있었다. 놈은 큼직하고 멍청한 두 눈을 부릅뜬 채 쭉 뻗은 날렵한 꼬리로 배의 널빤지 바닥을 재빠르게 내리치며 명을 재촉하고 있었다. 노인은 물고기의 머리를 내려치고는 아직 꿈틀거리고 있는 놈의 몸뚱이를 고물 구석으로 걷어찼다. 물고기를 배려해서 한 행동이었다.

"날개다랑어로군." 노인이 큰 소리로 말했다. "훌륭한 미끼가 되겠어. 족히 5킬로그램은 나가겠군."

노인은 혼자 있을 때 큰 소리로 말하는 버릇을 언제부터 갖게 되었는지 잘 생각이 나지 않았다. 예전에는 혼자 있을 때면 곧잘 노래를 불렀으며 때로는 밤에 소형어선이나 거북잡이 배에서 홀로 키를 잡고 있을 때도 노래를 불렀다. 아마도 소년이 떠나고 혼자 배를 타게 되면서 큰 소리로 말을 하게 되었을 것이다. 하지만 확실하게 기억나지는 않았다. 소년과 함께 고기잡이할 때는 꼭 필요할 때가 아니면 둘은 거의 이야기를 나누지 않았다. 그들은 한밤중이거나 날씨가 나빠 배가 묶여 있을 때만 이야기를 나누었다. 바다에서는 필요한 말 외에는 하지 않는 것이 미덕으로 간주되고 있었으며 노인도 그렇게 생각하고 그 미덕을 지켰다. 하지만 이제 노인은 자기 생각을 여러 번에 걸쳐 큰 소리로 지껄였다. 그 말 때문에 방해를 받을 사람이 아무도 곁에 없었기 때문이었다.

"내가 이렇게 혼자 큰 소리로 중얼거리는 걸 다른 사람이 본다면 나를 미쳤다고 하겠군." 노인이 큰 소리로 말했다. "하지만 미친 게 아니니까 상관없어. 돈 많은 어부들은 자기에게 말을 걸어주는 라디오를 배에 가지고 오지. 야구 소식도 들려주고 말이야."

지금은 야구 생각할 때가 아니야, 라고 그는 생각했다. 지금은 오로지 한 가지만 생각할 때야. 타고난 내 일만 생각할 때이지. 날개다랑어 무리 주변에 큰 놈이 있을 거야, 라고 그는 생각했다. 먹이를 먹다가 뒤처진 놈 한 마리를 낚아 올렸을 뿐이야. 그런데 저놈들은 저리도 빨리 멀어지고 있군. 오늘 수면에 보이는 것들은 모두 빠르게 북동쪽으로 이동하고 있어. 그럴 시간이 되어서일까? 아니면 내가 모르는 무슨 날씨의 조짐일까?

그에게 이제 해안의 초록색 선은 보이지 않았고 마치 눈이라도 덮인 듯 새하얀 푸른 언덕 꼭대기만 보일 뿐이었다. 언덕 꼭대기 위로는 마치 드높은 설산(雪山)처럼 구름이 뭉게뭉게 피어올라 있었다. 바다는 무척 어두운 빛을 띠고 있었고 햇빛이 물속에서 프리즘을 만들었다. 해가 높이 솟아오르자 이제 플랑크톤 무리도 보이지 않았고 푸른 바다 저 깊은 곳까지 프리즘이 형성되어 있었다. 노인의 눈에는 그 프리즘과 수 마일 깊이까지 똑바로 드리워진 낚싯줄만이 보일 뿐이었다.

다랑어들은 다시 물속으로 내려갔다. 어부들은 이런 종류의 물고기들을 모두 다랑어라고 불렀다. 다만 팔 수 있거나 미끼와 바꿀 수 있는 물고기들에게만 고유의 이름을 붙여서 구별했다. 이제 햇볕이 뜨겁게 내리쬐이고 있었다. 목덜미가 따가웠으며 노를 젓고 있는 노인의 등덜미로 땀이 흘러내리는 것을 느낄 수 있었다.

그냥 떠가는 대로 두어도 되겠군. 낚싯줄에 고리를 만들어 발가락에 묶어 놓고 잠을 자도 되겠어. 줄이 나를 깨우겠지, 라고 그는 생각했다. 어쨌든 오늘이 여든 닷새째 되는 날이니 오늘은 큰 놈을 낚아야 해.

바로 그때 낚싯줄을 바라보던 노인의 눈에 막대기 중 하나가 갑자기 물속으로 푹 잠기는 것이 보였다.

"옳거니! 왔어!" 그가 말했다.

그는 노가 배에 세게 부딪치지 않도록 조심하면서 노를 노받이에 가볍게 올려놓았다. 그는 오른팔을 뻗어 엄지와 검지로 낚싯줄을 살며시 잡았다. 당기는 힘이나 무게가 느껴지지 않자 그는 그냥 줄을 가볍게 잡은 채 있었다. 그런데 다시 신호가 왔다. 이번에도 가벼운 입질 정도인지 강도도 무게도 별로 느껴지지 않았다. 노인은 지금 무슨 일이 벌어지고 있는지 정확히 알고 있었다. 2백 미터 가까운 바다 밑에서 청새치가 낚싯바늘

끝과 중간 부분을 덮고 있는 정어리들을 먹고 있는 것이었다. 그 안에는 노인이 손으로 직접 만든 낚싯바늘이 작은 다랑어 대가리로부터 불쑥 삐져나와 있었다.

노인은 낚싯줄을 가볍게 잡고 왼손으로 천천히 풀어주었다. 이제 그는 고기에게 아무런 긴장감도 주지 않은 채 줄이 손가락 사이로 빠져나가도록 할 수 있었다. 이렇게 멀리까지 나왔으니 이달에 잡히는 놈 중에 가장 거대한 놈이 분명해, 라고 그는 생각했다. 어서 먹어라, 고기야. 제발 어서 먹어. 얼마나 싱싱한 먹이냐. 너는 100길 넘는 깊이의 차갑고 어두운 물속에 있지 않으냐. 어둠 속을 한 바퀴 돌고 다시 돌아와서 어서 먹어라.

노인은 미세하게 줄이 당겨지는 것을 느꼈다. 곧이어 보다 강하게 잡아끄는 힘이 느껴졌다. 분명히 정어리 머리를 갈고리에서 떼어내려고 용을 쓰는 것이리라. 하지만 곧이어 아무런 기척도 없이 조용해졌다.

"자, 어서." 노인이 큰 소리로 말했다. "다시 한 바퀴 돌고 와. 냄새를 맡아봐. 냄새가 너무 좋지 않니? 자, 이제, 마음껏 먹어. 다랑어도 있지 않니? 얼마나 단단하고 차갑고 맛있는데. 고기야, 망설일 것 없어. 어서 드시라니까."

그는 엄지와 검지로 낚싯줄을 잡은 채 고기가 위쪽이나 아래쪽으로 헤엄치는 데 대비하여 기다렸다. 그는 그 줄에 집중한 채 동시에 다른 줄들도 지켜보았다. 그때 다시 미세한 입질이 느껴졌다.

"놈이 물 거야." 노인이 큰 소리로 말했다. "하느님, 놈이 제발 물게 해주세요."

하지만 고기는 미끼를 물지 않았다. 고기는 가버렸고 노인의 손가락에는 아무런 감각도 느껴지지 않았다.

"갔을 리가 없어. 절대로 가버렸을 리 없어. 한 바퀴 돌고 있는 거야. 아마 전에 낚시에 걸린 적이 있어서 뭔가 심상치 않은 낌새를 느꼈는지도 모르지." 노인이 말했다.

그때 다시 부드럽게 줄에 터치가 느껴졌다. 노인은 기뻤다.

"그래, 그냥 한 바퀴 돈 거야. 이번에는 먹이를 물겠지." 그가 말했다.

노인은 다시 줄을 부드럽게 잡아당기는 느낌에 기분이 좋아졌다. 그런데 곧이어 뭔가 거세면서 믿을 수 없을 만큼 묵직한 느낌이 왔다. 고기로부터 전해지는 무게였다. 노인은 여분의 낚싯줄 두 뭉치 중 하나를 계속 풀어주었다. 줄은 밑으로, 밑으로 계속 내려갔다. 줄이 노인의 손가락 사이에서 미끄러지면서 계속 내려가는 동안 비록 두 손가락 사이에 가해지는 압력은 거의 감지할 수 없을 정도였지만 노인은 여전히 엄청난 무게감을 느낄 수 있었다.

"엄청난 놈이야. 아가리로 비스듬히 미끼를 물고 천천히 움직이고 있어." 노인이 말했다.

한 바퀴 돌고 나서 먹이를 삼킬 테지, 라고 그는 생각했다. 그는 그 말을 입 밖에 내지 않았다. 뭔가 좋은 일을 입 밖에 내면 그 일이 실제로 일어나지 않을 수 있다는 것을 알고 있기 때문이었다. 그는 이놈이 얼마나 큰 놈인지 알고 있었다. 그는 다랑어를 입에 비스듬히 물고 어둠 속에서 달아나고 있는 놈의 모습을 머릿속으로 그려보았다. 순간 놈이 움직임을 멈추는 것이 느껴졌지만 묵직한 느낌은 여전했다. 이어서 그 묵직한 느낌이 더욱 강해지자 그는 줄을 더 풀어주었다. 그가 잠시 손가락 사이에 잡고 있는 줄을 좀 더 꽉 쥐자 더 묵직한 느낌이 전해졌으며 줄은 곧장 아래쪽으로 내려갔다.

"놈이 물었어. 놈이 삼키기 편하게 해주어야겠다." 그가 말했다. 그는 줄이 손가락 사이로 풀려 내려가도록 내버려 둔 채 왼손으로 여분의 낚싯줄 두 개의 끄트머리를 다른 예비 낚싯줄 두 개의 고리에 단단히 붙잡아 맸다. 이제 만반의 준비가 끝났다. 지금 사용하고 있는 낚싯줄 외에 70미터 정도의 여분의 낚싯줄이 더 남아 있는 셈이 된 것이다.

"좀 더 물어. 제대로 꿀꺽 삼키라니까." 그가 말했다.

낚싯바늘 끝이 네 심장에 박혀 네 놈 숨통을 끊어 놓을 수 있을 정도로 삼켜 버려, 라고 노인은 생각했다. 순순히 올라와서 내 작살 맛을 보라니까. 좋아. 각오가 됐겠지. 이제 그만하면 충분히 잡수셨겠지.

"자, 이때다!" 그는 큰 소리로 외치면서 양손으로 강하게 손뼉을 쳤다. 그는 1미터쯤 낚싯줄을 당겼다. 그는 다시 손뼉을 치고 또 치면서 두 팔의 힘과 온몸의 무게를 실어 번갈아 팔을 바꾸어 줄을 잡아당겼다.

아무 일도 일어나지 않았다. 고기는 유유히 움직여 달아났고 노인은 단 한 뼘도 끌어올릴 수 없었다. 그의 낚싯줄은 큰 고기를 낚기 위해 만든 아주 튼튼한 줄이었다. 그는 줄을 어깨에 걸쳤다. 줄이 팽팽해지면서 물방울이 튀었다. 낚싯줄이 물속에서 슛슛 소리를 내기 시작했다. 노인은 배의 가로 널빤지에 발을 디디고 등을 뒤에 기댄 채 줄을 끄는 힘에 맞서서 줄을 꽉 잡고 있었다. 배가 북서쪽으로 서서히 움직이기 시작했다.

물고기는 쉬지 않고 움직였고 그들은 한 덩어리가 되어 잔잔한 물 위를 천천히 나아갔다. 다른 미끼들이 아직 물속에 드리워져 있었지만 달리 어찌해볼 도리가 없이 그대로 둘 수밖에 없었다.

"그 애가 있었으면 정말 좋았을 것을." 노인이 큰 소리로 말했다. "나는 고기에 끌려가고 있어. 닻줄 감는 기둥 신세가 된 셈이란 말이야. 이 줄을 어딘가에 단단하게 묶어 놓을 수도 있어. 하지만 그렇게 하면 놈이 줄을 끊어버릴 수도 있어. 줄을 꽉 잡고 있으면서 필요하면 더 풀어줘야 해. 고맙게도 놈이 깊이 들어가지는 않고 옆으로 이동하고 있군."

놈이 더 깊이 들어가려 하면 어떻게 한담? 모르겠다. 놈이 깊이 잠수해서 죽어버리면 어떻게 하지? 모르겠다. 하지만 무슨 수를 쓰긴 써야 해. 내가 할 수 있는 일은 아주 많으니까.

그는 낚싯줄을 여전히 등에 걸친 채 낚싯줄이 물속에 비스듬히 잠겨 있는 모습과 배가 꾸준히 북서쪽으로 끌려가는 모습을 바라보았다.

저러다가 죽고 말겠지. 언제까지고 이럴 수는 없으니까, 라고 노인은 생각했다. 하지만 네 시간이 넘도록 고기는 여전히 배를 끌고 바다 멀리 헤엄쳐가고 있었고 노인은 여전히 어깨에 낚싯줄을 걸친 채 꿋꿋하게 버티고 있었다.

"놈이 낚시에 걸린 건 정오쯤이야. 그런데 아직 놈의 그림자도 못 봤단 말씀이야." 그가 말했다.

그는 고기가 낚시에 걸리기 전에 밀짚모자를 푹 눌러썼기에 이마가 쓰렸다. 그는 목이 말랐다. 그는 무릎을 꿇고 줄이 갑자기 당겨지지 않도록 조심하면서 뱃머리 쪽으로 될 수 있는 한 가까이 가서 한쪽 팔을 뻗어 물병을 잡았다. 그는 뚜껑을 열고 물을 조금 마셨다. 그리고 뱃머리에 몸을 기대고 쉬었다. 그는 뽑아놓은 돛대와 돛 위에 앉아 쉬면서 그저 견뎌야 한다는 생각 외에는 아무 생각도 하지 않았다.

그는 문득 뒤를 돌아보았다. 뭍은 전혀 보이지 않았다. 상관없어, 라고 그는 생각했다. 아바나에서 비치는 불빛을 보고 언제고 돌아갈 수 있어. 해가 지려면 아직 두 시간 정도 남았고 놈은 그전에 떠오를 거야. 그렇지 않으면 달이 떴을 때 떠오르겠지. 아니면 동이 틀 무렵에는 떠오르겠지. 내 몸에 경련도 나지 않고 아직 기운도 팔팔해. 입에 낚싯바늘이 걸려 있는 건 저 놈이야. 하지만 이런 식으로 계속 끌고 가다니 정말 대단한 놈이로군. 철사 목줄에 주둥이가 단단히 걸려 있는 게 분명해. 놈의 모습을 한번 봤으면 좋겠군. 내가 어떤 놈과 싸우고 있는지 알 수 있도록 딱 한 번만이라도 봤으면 좋겠군.

노인이 별을 보고 판단한 바에 따르면 물고기는 밤새도록 진로나 방향을 바꾸지 않았다. 해가 지자 날이 서늘해졌으며 그의 등과 팔과 노쇠한 다리에 흐르던 땀도 차갑게 식었다. 그는 낮 동안 미끼 상자를 덮어 두었던 자루를 햇볕에 말리기 위해 펼쳐 놓았었다. 해가 지자 그는 그 자루가 등을 덮을 수 있도록 목 주위에 감고는 그의 어깨에 걸치고 있는 낚싯줄 안으로 조심스럽게 밀어 넣었다. 자루가 줄과 어깨 사이의 완충 역할을 해주었고 뱃머리에 기대어 몸을 앞으로 숙일 수 있는 방법을 찾아냈기에 제법 편안한 자세를 취할 수 있었다. 그럭저럭 견딜만한 자세를 잡은 정도였지만 그는 아주 편안한 자세라고 생각했다.

내가 저놈을 어떻게 할 도리가 없고 저놈도 나를 어쩌지 못해, 라고 그는 생각했다. 저놈이 저렇게 버티고 있는 한에는 말이야.

한번은 그가 뱃전에 서서 오줌을 누면서 별을 바라보며 배가 나아가고 있는 진로를 가늠해 보았다. 그의 어깨로부터 물속으로 뻗어있는 낚싯줄이 물속에서 마치 발광(發光) 섬유 줄처럼 빛을 냈다. 이제 배는 좀 더 천천히 움직이고 있었다. 노인은 아바나로부터 오는 불빛이 흐려진 것을 보고 해류가 그들을 동쪽으로 끌고 가고 있음을 알 수 있었다. 만일 아바나의 불빛이 보이지 않게 된다면 우리는 더 멀리 동쪽으로 간 셈이 되겠군, 이라고 그는 생각했다. 고기가 진로를 제대로 잡고만 있다면 몇 시간은 더 불빛을 볼 수 있을 테니까 말이야. 오늘 메이저 리그 야구는 어떻게 되었는지 궁금하군. 라디오로 야구 중계를 들으며 갈 수 있다면 얼마나 좋을까. 아니, 계속 고기 생각만 해야지, 라고 그는 마음을 다잡았다. 지금 하는 일만 생각해야 해. 바보 같은 짓을 해서는 안 돼.

그가 갑자기 큰 소리로 말했다. "그 애가 있었더라면 좋았을 것을. 나를 도와줄 수도 있고, 이걸 구경할 수도 있었을 텐데."

이렇게 나이가 들면 혼자 지내면 안 되는 거야. 하지만 어쩔 수 없는 일이지. 잊지 말고 저 다랑어를 먹어야 해. 기운을 차려야 하니까. 아무리 먹기 싫어도 아침에는 꼭 먹어야 해. 절대로 잊어서는 안 돼, 라고 그는 다짐했다.

밤중에 두 마리의 참돌고래가 배 주변을 맴돌면서 이리저리 몸을 구르며 물을 내뿜는 소리를 들을 수 있었다. 그는 수컷이 물을 내뿜는 소리와 암컷이 한숨 쉬듯 물을 내뿜는 소리를 구별할 수 있었다.

"착한 놈들이지. 놀면서 장난치고 서로서로 사랑하지. 놈들은 날치와 마찬가지로 내 친구야." 그가 말했다.

그런데 갑자기 지금 낚시에 걸려 있는 커다란 물고기가 불쌍하게 여겨지기 시작했다. 멋지고 별난 놈이야. 도대체 나이를 얼마나 먹은 놈일까, 라고 그는 생각했다. 이렇게 강한 놈은 본 적이 없고 이렇게 유별나게 행동하는 놈도 본 적이 없어. 놈이 뛰어오르지 않은 걸 보면 여간 똑똑한 놈이 아니야. 이놈이 한 번 뛰어오르거나 사납게 요동이라도 치는 날에는 단번에 나를 끝장낼 수 있을 텐데. 어쩌면 전에 여러 번 낚시에 걸렸던 적이 있어서 나름대로 싸움 방법을 터득한 놈이고 지금 그 방법을 쓰고 있는지도 몰라. 놈은 상대가 단 한 명이며 게다가 나 같은 늙은이라는 걸 새까맣게 모르고 있어. 어쨌든 정말 어마어마한 놈이야. 고기 맛이 좋다면 시장에서 엄청난 값을 받을 수 있을 거야. 미끼를 무는 것도, 이렇게 배를 끌고 가는 것도 꼭 수놈답군. 전혀 겁도 내지 않고 있단 말이야. 무슨 계획이라도 있는 걸까? 아니면 나처럼 그저 될 대로 되라는 식일까?

노인은 청새치 한 쌍 중의 한 놈을 낚시에 걸었던 적이 있었다. 수놈은 언제나 암놈에게 먼저 먹이를 양보한다. 낚시에 걸린 암놈은 미친 듯이 사납게 몸부림치면서 절망적인 싸움 끝에 금세 지쳐버렸다. 그사이 수놈은 암놈 곁을 떠나지 않은 채 낚싯줄을 넘나들었고 암놈이 수면 위로 떠오르자 함께 떠올라 암놈 주변을 선회했다. 수놈은 암놈 곁에 바싹 붙어 있었고 노인은 낫처럼 날카롭고 크기와 모양도 비슷한 그놈의 꼬리에 낚싯줄이 끊기지나 않을까 겁났었다. 노인은 암놈을 갈고리로 끌어올려 몽둥이로 후려갈겼다. 노인은 끝부분이 사포처럼 꺼칠꺼칠하고 날카로운 주둥이를 잡고 몽둥이로 암놈의 머리를 마구 두들겼다. 마침내 고기의 색깔이 거울 뒷면의 색깔로 변해버렸다. 그런 후 소년의 도움으로 놈을 배 안으로 끌어올릴 때까지 수놈 물고기는 여전히 뱃전에 머물러 있었다. 노인이 낚싯줄을 풀고 작살을 준비하자 그놈은 보트 옆에서 하늘 높이 솟구쳤다. 암놈이 어디 있는지 확인하려는 것 같았다. 놈은 옅은 자주색 가슴지느러미를 활짝 펼친 채 역시 옅은 자주색의 줄무늬를 보여주더니 물속 깊이 잠수했다.

참으로 아름다운 놈이었어. 그토록 오래 머물러 있다니. 노인은 그때를 회상했다.

내가 고기를 잡으면서 본 모습들 중 가장 슬픈 광경이었지. 소년도 슬퍼했어. 우리는 암놈에게 용서를 빌며 재빨리 암놈에게 칼질을 했지.

"그 애가 있었으면 좋았을 것을." 노인은 큰 소리로 말하며 뱃머리의 둥근 판자에 기대어 자세를 바로잡았다. 어깨에 걸치고 있는 낚싯줄을 통해 전해지는 거대한 물고기의 힘이 다시 느껴졌다. 놈은 자신이 택한 진로를 향해 쉬지 않고 이동하고 있었다.

일단 내 책략에 걸려든 이상 놈은 선택을 할 수밖에 없지, 라고 노인은 생각했다.

놈이 선택한 건 온갖 덫과 올가미나 계략이 미치지 못하는 저 깊고 어두운 바닷속에 머물러 있겠다는 거야. 내 선택은 그 어떤 사람도 갈 수 없는 곳까지 가서 놈을 찾아내는 거였고. 그래, 이 세상 그 누구도 갈 수 없는 곳까지 말이야. 그렇게 우리는 지금 만나서 함께 있게 된 거야. 정오부터 줄곧 함께 있었지. 우리 둘 다 아무도 도와주지 못하지.

아마도 어부가 되지 말았어야 했을지도 몰라, 라고 노인은 생각했다. 하지만 나는 천생 어부로 태어난걸. 날이 밝기 전에 잊지 말고 꼭 다랑어를 먹어야지.

먼동이 트기 얼마 전 뒤쪽에 드리운 미끼 하나에 뭔가가 걸려들었다. 찌 노릇을 하는 막대기가 뚝 부러지면서 낚싯줄이 뱃전 밖으로 마구 풀려나가는 소리가 들렸다. 그는 어둠 속에서 칼집에 든 칼을 꺼냈다. 그는 뒤에 기대고 있던 왼쪽 어깨로 고기의 모든 무게를 받으면서 낚싯줄을 뱃전 나무에 대고 칼로 끊어버렸다. 이어서 그는 가까이에 있는 다른 낚싯줄도 끊어버린 다음 어둠 속에서 예비 낚싯줄의 풀어진 끝과 끝을 단단히 동여맸다. 그는 한 손으로 이 모든 일을 능수능란하게 해치웠으며 매듭을 단단히 동여매는 동안 발로 낚싯줄들을 꽉 누르고 있었다. 이제 여분의 낚싯줄이 여섯 개가 생긴 셈이었다. 방금 잘라버린 낚시에서 각각 두 개씩, 그리고 지금 고기가 물고 있는 미끼의 여분 두 개를 합해 모두 여섯 개로서, 그것들은 모두 하나로 연결된 셈이었다.

날이 밝으면 뒤로 가서 40길 깊이에 내려놓은 미끼도 잘라버리고 여유분 낚싯줄에 연결해야겠어, 라고 그는 생각했다. 400미터 길이의 질 좋은 카탈로니아산 낚싯줄과 낚시랑 목줄을 잃게 되는 셈이지. 그거야 다른 걸 마련하면 되지. 하지만 다른 고기들을 잡으려다 이놈을 놓치면 이놈을 대신할 놈이 어디 있겠어? 지금 막 미끼를 물었던 놈들이 어떤 놈들인지는 몰라. 아마 청새치거나 황새치, 혹은 상어겠지. 그놈들 손맛도 제대로 보지 못했네. 너무 급하게 놓아줘야 했으니 말이야.

그는 다시 큰 소리로 말했다.

"그 애가 있었으면 좋았을 것을."

하지만 소년은 지금 곁에 없어, 라고 그는 생각했다. 지금은

나 혼자뿐이니 지금이라도 뒤로 가서 어둡건 말건 마지막 줄을 잘라버리고 예비 줄 두 개를 연결해 놓는 게 낫겠어.

노인은 그 작업을 했다. 어둠 속에서는 아주 어려운 작업이었다. 게다가 한 번인가는 고기가 갑자기 요동치는 바람에 앞으로 고꾸라져 눈 밑이 찢어졌다. 피가 뺨을 타고 흘러내렸다. 하지만 턱까지 흐르기 전에 피는 굳어서 말라버렸고 그는 간신히 뱃머리로 돌아와 판자에 몸을 기대고 쉬었다. 그는 등에 걸친 자루의 위치를 바로잡은 뒤 조심스럽게 낚싯줄을 다른 쪽 어깨에 걸쳤다. 그는 어깨로 받쳐서 줄을 고정시킨 채 줄을 잡아 고기가 끌어당기는 힘을 조심스럽게 가늠해 보았고 한 손을 물에 담가 배가 나아가는 속도도 가늠해 보았다.

이놈이 왜 갑자기 요동을 쳤던 걸까? 목줄이 놈의 거대한 등판을 긁었는지도 몰라. 놈은 나처럼 등판이 아프지는 않겠지. 하지만 놈이 제아무리 덩치가 크더라도 언제까지고 배를 끌고 갈 수는 없을 거야. 자, 문제를 일으킬지도 모르는 것들은 다 해치웠겠다, 낚싯줄 여분도 충분하겠다, 이제 다 된 거야.

"이놈, 고기야!" 그가 큰 목소리로, 하지만 부드럽게 말했다. "내가 죽을 때까지 네 놈과 함께 하겠다."

놈도 분명 나와 함께 있으려 하겠지, 라고 노인은 생각하면서 어서 동이 트기를 기다렸다. 동트기 전이라서 날이 차가웠다. 그는 몸을 덥히기 위해 뱃전에 몸을 밀착시켰다. 저놈이 버틸 수 있다면 나도 버틸 수 있어. 동이 틀 무렵 줄이 깊이 물속으로 풀려나가기 시작했다. 배는 여전히 이동 중이었고 동이 트기 시작하면서 해가 노인의 오른쪽 어깨 위에서 모습을 드러냈다.

"놈이 북쪽으로 향하고 있구나." 노인이 말했다. 하지만 해류 때문에 우리는 동쪽으로 멀리 밀려날 거야, 라고 노인은 생각했다. 놈이 해류를 따라 방향을 바꾸면 좋겠는데. 놈이 지쳤다는 증거니까.

해가 좀 더 높이 떠올랐지만 고기가 전혀 지치지 않았다는 것을 노인은 알 수 있었다. 다만 유리한 징조가 딱 한 가지 있었다. 줄이 기울어져 있는 경사 각도로 보아 놈이 좀 더 얕은 곳에서 헤엄을 치고 있었던 것이다. 그렇다고 놈이 물 위로 뛰어오르리라고 장담할 수는 없었다. 하지만 그럴 수도 있었다.

"제발 뛰어올라라." 노인이 말했다. "놈을 다룰 만큼의 줄은 넉넉하니까."

약간 줄을 잡아당겨 팽팽하게 하면 놈이 아파서 뛰어오를지도 몰라. 이제 날도 밝았으니 놈을 뛰어오르게 해야겠어. 그래야 등뼈를 따라서 붙어 있는 부레에 공기가 가득 찰 것이고 그러면 깊은 곳으로 내려가 죽는 일이 없겠지.

그는 줄을 좀 더 팽팽하게 당겨보려 했다. 하지만 낚싯줄은 고기가 걸렸을 때부터 금방이라도 끊어질 것처럼 팽팽하게 당겨진 상태였다. 몸을 뒤로 젖히고 줄을 당기자 거센 저항이 느껴져 더 이상 잡아당기면 안 된다는 것을 알 수 있었다. 절대로 잡아당기면 안 되겠는걸, 이라고 그는 생각했다. 잡아당길 때마다 낚시에 걸린 상처가 벌어질 거고 그러면 고기가 뛰어오를 때 낚시가 벗겨져 버릴지도 몰라. 어쨌든 해가 뜨니 한결 기분이 좋군. 이제는 해를 정면으로 바라볼 일도 없으니까 말이야.

낚싯줄에 노란색 해조들이 매달려 있었다. 좋은 일이지. 놈이 끌고 가기 더 힘들어질 테니까. 밤에 빛을 내던 노란색의 모자반류 해조였다.

"이놈, 고기야. 나는 너를 무척이나 사랑하고 존경한다. 하지만 오늘이 가기 전에 너를 죽여야겠다."

그렇게 되기를 빌어야지, 라고 그는 생각했다.

북쪽으로부터 작은 새 한 마리가 배를 향해 날아왔다. 휘파람새였다. 새는 물 위를 낮게 날았다. 노인은 그 새가 무척 지쳐 있음을 알 수 있었다.

새는 배의 고물로 오더니 그곳에서 쉬었다. 이어서 새는 노인의 머리 위를 몇 바퀴 선회하더니 낚싯줄 위에 앉았다. 거기가 더 편한 모양이었다.

"너 몇 살이냐? 이게 네 첫 나들이냐?" 노인이 새에게 물었다.

노인이 말을 걸자 새가 노인을 바라보았다. 새는 낚싯줄을 살펴볼 기력도 없을 정도로 지쳐있었다. 새는 가냘픈 발가락으로 낚싯줄을 꽉 움켜쥔 채 뒤뚱거렸다.

"거긴 안전해." 노인이 새에게 말했다. "아주 안전하지. 간밤에 바람도 불지 않았는데 왜 그렇게 지쳐있는 거니? 새들은 앞으로 어떻게 될까?"

매들이 저 새들을 노리고 바다로 오지, 라고 그는 생각했다. 하지만 그의 말을 조금도 이해할 수 없는 그 새에게 그런 말은 하지 않았다. 머지않아 저절로 배우게 되겠지.

"푹 쉬어라, 작은 새야." 노인이 말했다. "뭍으로 날아가서 사람이나 새, 혹은 물고기처럼 네 행운을 잡으려무나."

새에게 말을 거니 제법 힘이 솟았다. 밤새 등이 뻣뻣했고 심한 통증을 느꼈던 것이다.

"작은 새야, 네가 좋다면 내 집에 머물려무나. 산들바람이 불어오는데 돛을 올려 너를 육지로 데려가 주지 못해 미안하구

나. 하지만 나는 지금 친구와 함께 있단다."

바로 그때였다. 물고기가 갑자기 요동을 치는 바람에 노인은 뱃머리 쪽으로 고꾸라졌다. 그가 버티면서 줄을 약간 풀어주지 않았다면 물속으로 끌려갈 뻔했다.

줄이 갑자기 요동치자 새는 훌쩍 날아갔으나 노인은 새가 가 버리는 모습을 보지 못했다. 노인은 오른손으로 조심스럽게 낚 싯줄을 만져보다가 손에서 피가 나는 것을 알 수 있었다.

"뭔지는 몰라도 저놈을 아프게 했군." 노인은 큰 소리로 말 하며 혹시 고기의 방향을 되돌릴 수 있는지 알아보려고 줄을 당겨보았다. 하지만 팽팽하게 당겨진 줄을 꽉 쥔 채 겨우 뒤로 버틸 수 있을 뿐이었다.

"그래, 이놈 고기야, 이제 그걸 네놈이 느끼고 있구나. 그래, 정말이지 나도 그걸 느끼고 있다." 그가 말했다.

새라도 벗 삼을 수 있으면 좋겠다는 생각에 노인은 새를 찾 으려고 주변을 둘러보았다. 하지만 새는 가고 없었다.

별로 쉬지도 못하고 훌쩍 가버렸군, 이라고 노인은 생각했 다. 하지만 해안에 닿기 전에 더 어려운 일들을 겪을 텐데. 그런 데 저놈이 한 번 획 잡아챘다고 해서 손에 상처를 입다니. 내가 멍청해지고 있는 게 분명해. 아니면 작은 새를 바라보면서 거

기 정신이 팔려있었거나. 이제 내 일에만 집중해야지. 기운이
떨어지지 않으려면 다랑어를 먹어야 해.

"그 애가 있었으면 좋았을 텐데. 소금도 조금 있었으면." 그
가 큰 소리로 말했다.

노인은 낚싯줄의 무게를 왼쪽 어깨로 옮긴 다음 조심스럽게
무릎을 꿇고 바닷물에 손을 씻었다. 그는 일 분 넘게 바닷물에
손을 담근 채 피가 꼬리를 남기며 흘러가는 모습을 바라보았
다. 동시에 노인은 배가 움직이는 데 따라 손에 전해지는 물살
의 한결같은 움직임을 가늠해 보았다.

"놈이 속도를 꽤 늦췄어." 그가 말했다.

노인은 바닷물에 손을 좀 더 오래 담그고 싶었다. 하지만 고
기가 언제 또 한 번 요동을 칠지 모를 일이었다. 그는 몸을 일으
킨 다음 힘껏 버티고 선 채 해를 향해 손을 치켜들었다. 줄이 갑
자기 튕겨 나가면서 약간 상처를 입혔을 뿐이었다. 하지만 손
중에서 가장 많이 사용하는 부분이었다. 그는 이 일이 끝나기까
지는 손이 절대적으로 필요하다는 것을 잘 알고 있었다. 일이
시작되기도 전에 손에 상처를 입는다는 건 안 될 일이었다.

손이 마르자 그가 말했다.

"이제 다랑어를 먹어야겠다. 갈고리로 끌어다가 여기서 편하

게 먹어야겠다."

그는 무릎을 꿇고 고물 쪽에 있는 다랑어를 갈고리로 더듬어 찾은 후 낚싯줄을 피하며 자기 쪽으로 끌어당겼다. 노인은 왼쪽 어깨로 줄을 지탱한 채 왼쪽 손과 팔로 버티면서 굵은 낚싯바늘에서 다랑어를 빼낸 다음 바늘을 다시 제자리에 두었다. 노인은 한쪽 무릎으로 고기를 누르면서 검붉은 살을 머리 뒷부분부터 꼬리까지 길게 세로로 잘라냈다. 잘라낸 고기는 V자 모양의 길고 가느다란 조각이었다. 그는 그 고기 조각을 등뼈 부분부터 배때기 가장자리까지 토막을 냈다. 노인은 고기를 여섯 토막으로 자른 뒤 뱃머리 쪽 판자 위에 펼쳐 놓은 다음 칼을 바지에 쓱 문질러 닦았다. 이어서 노인은 뼈만 남은 다랑어의 꼬리를 잡고 뱃전 너머로 던져버렸다.

"한 토막도 제대로 다 먹을 수 있을 것 같지 않군." 노인은 그렇게 말하면서 토막 난 고기 한 조각을 둘로 잘랐다. 그때 낚싯줄이 세차게 당겨지는 것을 느낄 수 있었고 왼손에 쥐가 났다. 노인은 묵직한 줄을 단단하게 쥐고 있는 왼손을 혐오스럽게 바라보며 말했다.

"도대체 어떻게 된 놈의 손이기에 이 모양이야. 쥐가 날 테면 나라지. 어디 맘대로 오그라들어 봐라. 그래 봐야 아무 소용도 없을 거다."

자, 이제 어디 해보자, 라고 생각하며 노인은 어두운 물속에 비스듬히 드리워져 있는 낚싯줄을 바라보았다. 다랑어를 먹어야 해. 그래야 손에 힘이 날 거야. 그건 손이 잘못한 것도 아니야. 벌써 몇 시간이나 고기와 씨름했잖아. 하지만 너는 언제까지라도 견딜 수 있어. 자, 어서 다랑어를 먹자.

그는 고기 조각 하나를 들어서 입에 넣고 천천히 씹었다. 먹을 만했다.

꼭꼭 잘 씹어야지, 라고 그는 생각했다. 고기의 정수(精髓)를 다 흡수해야 해. 라임이나 레몬, 혹은 소금과 함께 먹으면 좋았을 텐데.

"왼손아, 이제 좀 어떠니?" 그는 쥐가 나서 시체처럼 뻣뻣해진 왼손에게 물었다. "너를 생각해서라도 조금 더 먹어야겠다."

그는 둘로 잘라 놓았던 고기 조각 나머지를 먹었다. 그는 조심스럽게 고기를 씹은 다음 껍질을 뱉어냈다.

"이제 좀 괜찮니, 손아? 아직 너무 일러서 모르겠니?"

그는 다른 고기 토막 하나를 통째로 입에 넣고 씹었다.

다랑어는 힘이 세고 정력적인 고기야, 라고 그는 생각했다. 돌고래가 아니고 다랑어가 걸린 게 다행이야. 돌고래 고기는 너무 달콤해. 다랑어 고기는 전혀 달콤하지 않지만 모든 힘이 그 안에 축적되어 있거든.

그래도 오직 실용적인 면만 중시할 수는 없는 노릇이지, 라고 그는 생각했다. 소금이 조금 있었으면 좋았을 것을. 남은 고기들이 햇볕에 상하거나 말라버릴지도 모르겠군. 배가 고프지 않더라도 전부 다 먹어버리는 게 낫겠어. 물속의 고기 놈은 얌전하고 한결같군. 나도 고기를 다 먹어치우고 준비를 갖춰야지.

"손아, 조금만 참아라. 다 너를 생각해서 하는 짓이다." 그는 큰 소리로 말했다.

물속의 고기 놈에게도 먹이를 줄 수 있으면 좋을 텐데. 저놈은 나와 형제간이니까, 라고 그는 생각했다. 하지만 나는 놈을 죽여야 하고 그러려면 기운이 빠지면 안 돼. 그는 천천히 공들여 V자 모양의 고기 조각들을 모두 먹어 치웠다.

노인은 손을 바지에 문질러 닦으면서 몸을 일으켰다.

"자, 왼손아, 이제 줄을 놔도 된다. 네가 그런 멍청한 짓을 그만두기 전까지는 오른팔로만 저놈을 다룰 테니까."

그는 왼손으로 잡고 있던 무거운 낚싯줄을 왼발로 밟고는 등을 뒤로 젖혀서 고기가 잡아끄는 힘을 버텨냈다.

"하느님, 쥐가 풀리도록 도와주십시오. 저 고기가 무슨 짓을 할지 모르니까요." 그가 말했다.

하지만 고기 놈이 얌전하군. 계획대로 착착 움직이는 모양이야, 라고 그는 생각했다. 그런데 놈의 계획이 뭘까? 그리고 내 계획은 뭐지? 나야 저놈의 계획에 따라 그때그때 대처하는 게 계획이지, 뭐. 저렇게 어마어마하게 큰 놈이니 말이야. 놈이 뛰어오르면 죽일 수 있을 텐데. 그런데 계속 저렇게 물속에서 버티고 있단 말이야. 나도 저놈과 함께 언제까지고 이렇게 버틸 수밖에.

그는 쥐가 난 손을 바지에 문지르면서 손가락을 부드럽게 풀어주려 했다. 하지만 손이 펴지지 않았다. 해가 뜨면 펴지겠지, 라고 그는 생각했다. 날로 먹은 싱싱한 다랑어가 소화되면 펴질지도 몰라. 이 손이 필요할 때가 되면 무슨 수를 써서라도 내가 직접 펴야지. 하지만 지금 억지로 펼 필요는 없어. 저절로 펴져서 원래대로 되길 기다려야지. 어쨌든 여러 가닥 줄들을 풀고 감고 하면서 이놈을 너무 혹사했어.

노인은 바다 저 머나먼 곳을 바라보면서 자기가 얼마나 외따로 떨어져 있는지 깨달았다. 하지만 그의 눈앞에는 저 깊고 어두컴컴한 물속의 프리즘이 있었으며 곧바로 뻗어 나간 낚싯줄, 잔잔한 바다에 일고 있는 야릇한 파동이 있었다. 무역풍이 불어오려는 조짐인 양 구름이 뭉게뭉게 피어오르고 있었다. 노인이 앞쪽을 바라보니 물오리 떼가 바다 위를 날아가고 있는 모습이 보였다. 오리 떼는 하늘에 또렷이 모습을 보였다가 잠시 모습을 감추더니 다시 모습을 드러내곤 했다. 그래, 바다에서는 그 누구도 외롭지 않아, 라고 그는 생각했다.

노인은 사람들이 작은 조각배를 타고 뭍이 보이지 않는 곳까지 멀리 나오는 것을 그 얼마나 두려워하는지에 대해 생각했다. 갑자기 날씨가 나빠질 수도 있는 계절이라면 그렇게 무서워하는 것도 무리가 아니었다. 하지만 지금은 허리케인이 부는 계절이다. 허리케인만 불어오지 않는다면 이 계절이 일 년 중 제일 좋은 계절이다.

만일 바다에 나가 있다면 하늘을 보고 허리케인이 불어올 기미를 며칠 전에 미리 눈치챌 수 있다. 뭍에 있으면 알아차릴 수 없어. 어디를 살펴봐야 할지 알 수 없기 때문이지, 라고 그는 생각했다. 물론 뭍에서도 구름의 모양이 달라진 걸 알 수는 있어. 어쨌든 지금은 허리케인이 불어올 조짐은 전혀 없어.

노인은 하늘을 바라보았다. 하얀 뭉게구름이 마치 아이스크림처럼 정겨운 모습을 보여주고 있었고 그보다 높은 곳에는 9월 하늘을 배경으로 엷은 새털구름이 떠 있었다.

"브리사(산들바람이라는 뜻의 스페인어-옮긴이 주)가 가볍게 불고 있구나. 이놈 고기야, 너보다는 내게 유리한 날씨다"라고 그는 말했다.

왼손에 난 쥐는 여전히 풀리지 않았다. 노인은 천천히 쥐를 풀어주려 했다.

쥐는 질색이야, 라고 그는 생각했다. 내 몸이 일으킨 반란이지. 식중독을 일으켜 사람들 앞에서 설사하거나 토하는 것도 부끄러운 짓이지. 하지만 쥐가 난다는 건, 특히 혼자 있을 때 쥐가 난다는 건 그야말로 부끄러운 노릇이야. 쥐는 칼람브레(경련이라는 뜻의 스페인어-옮긴이 주) 같은 거야, 라고 그는 생각했다.

그 애가 곁에 있다면 내 손을 주물러서 팔뚝 아래부터 쥐를 풀어줄 수 있을 텐데, 라고 그는 생각했다. 하지만 언젠가 풀리겠지.

그런데 순간 그는 낚싯줄을 끄는 힘이 달라졌음을 오른손을 통해 느낄 수 있었다. 곧이어 물속으로 뻗은 낚싯줄의 기울기가 달라진 것이 보였다. 노인은 낚싯줄이 끄는 힘을 버텨내면서 왼손으로 넓적다리를 세차게 내리쳤다. 그러자 낚싯줄이 천천히 위를 향해 기울어지는 것이 보였다.

"놈이 올라온다." 그가 말했다. "자, 내 손아, 어서 정신 차려라!"

낚싯줄은 천천히, 하지만 꾸준히 올라왔다. 이윽고 배 앞의 수면이 부풀어 오르면서 물고기가 모습을 드러냈다. 고기는 계속해서 몸을 솟구쳤고 고기 옆구리로 물이 쏟아져 내렸다. 고기의 몸이 햇빛을 받아 반짝였다. 머리와 등은 짙은 자주색이었고 연보랏빛 넓은 옆구리 줄무늬가 햇살을 받고 드러났다. 주둥이는 야구 배트처럼 길쭉했으며 끝으로 갈수록 가느다란 칼처럼 뾰족해졌다. 물고기는 온 힘을 다해 물 밖으로 솟구쳤다가 마치 다이빙 선수처럼 부드럽게 다시 물속으로 들어갔다. 노인은 낫처럼 생긴 거대한 꼬리가 밑으로 내려가는 것을 바라보았다. 낚싯줄이 빠른 속도로 풀려나갔다.

"배보다 60센티미터 정도는 더 길어." 노인이 말했다. 줄은 빠르게 풀려나갔지만 변함없이 꾸준히 풀려나가는 것으로 보아 고기가 겁에 질려 있는 것 같지는 않았다. 노인은 끊어지지만 않을 정도로 팽팽하게 양손으로 줄을 당겼다. 꾸준히 압력을 가해 고기의 속도를 늦추지 않는다면 고기가 줄을 끝까지 끌고 가서 결국 끊어버리게 되리라는 것을 노인은 잘 알고 있었다.

정말 거대한 놈이야. 놈을 제압해야 해, 라고 노인은 생각했다. 놈이 자신의 힘을 눈치채거나 그저 도망만 치면 무슨 짓이든 할 수 있다는 것을 알게 하면 안 돼. 만일 내가 저놈이라면 줄이 끊어질 때까지 막무가내로 계속 내달릴 텐데. 하지만 다행히도 저놈 고기들은 자기를 죽이려는 우리 인간들보다 똑똑하지가 않단 말씀이야. 비록 우리 인간들보다 고상하고 능력도 뛰어나지만.

노인은 이제껏 거대한 고기를 여러 번 보았다. 몸무게가 500킬로그램 가까이 되는 고기도 여러 번 보았고 살면서 그런 크기의 고기를 잡은 적도 두 번 있었다. 하지만 혼자 잡은 적은 없었다. 그런데 지금은 홀로, 뭍이 보이지도 않는 먼 곳에서 이제껏 본 것 중에서 가장 큰 고기, 지금껏 들은 것보다 큰 고기와 맞서고 있었다. 게다가 그의 왼손은 아직 마치 매 발톱처럼 오그라들어 있었다.

그렇지만 쥐는 곧 풀릴 거야, 라고 그는 생각했다. 분명히 풀려서 오른손을 도울 거야. 나와 형제지간인 게 셋 있지. 고기와 내 두 손 말이야. 쥐는 분명히 풀릴 거야. 쥐가 나다니 저놈 스스로도 부끄러운 노릇이지. 고기는 다시 속력을 늦추어 평상시의 속도로 나아가고 있었다.

놈이 왜 솟구쳐 올랐는지 모르겠군, 이라고 노인은 생각했다. 마치 자신의 거대한 몸집을 과시하려고 뛰어오른 것 같아.

어쨌든 덕분에 놈이 거대하다는 걸 알게 됐어. 놈에게 내가 어떤 사람인지 보여주고 싶군. 하지만 그렇게 되면 쥐가 난 손을 보게 될지도 몰라. 녀석에게 내가 겉보기와 다른 인간이라는 생각이 들게끔 해야지. 실제로 그렇게 할 거니까. 내가 저 고기라면 좋겠어. 놈은 오로지 의지와 지혜만 지닌 나에 비해, 그에 맞설 모든 것을 다 갖추고 있으니 말이야.

노인은 뱃전에 편하게 몸을 기댄 채 엄습해 오는 어깨의 통증을 견디고 있었다. 물고기는 꾸준히 헤엄쳐 나아갔고 배는 검은 물살을 헤치며 천천히 움직였다. 동쪽에서 바람이 불어오자 가볍게 파도가 일었고 정오가 되자 왼손의 쥐가 풀렸다.

"이보게, 고기 양반, 자네에게는 반갑지 않은 소식이로군." 그는 그 말을 하면서 어깨에 두르고 있는 자루 위로 낚싯줄을 옮겼다.

편안한 자세였지만 고통스러웠다. 하지만 노인은 자신이 고통스럽다는 것을 전혀 인정하지 않았다.

"저는 교회에 다니지 않습니다." 그가 말했다. "하지만 이 고기를 잡게만 해주신다면 주기도문과 성모송을 열 번이라도 더 외우겠습니다. 만약 고기를 잡게 된다면 코브레의 성모 마리아님께 참배를 드리겠다고 약속합니다. 정말로 약속합니다."

노인은 기계적으로 기도문을 외우기 시작했다. 가끔 너무 피곤해서 기도문이 기억나지 않을 때도 있었다. 그럴 때면 그는 다음 기도문이 자동으로 떠오를 수 있도록 빠르게 그 대목을 읊었다. 성모송이 주기도문보다 훨씬 쉽군, 이라고 그는 생각했다.

"은총이 가득하신 마리아 님, 기뻐하소서. 주님께서 함께 계시니 여인 중에 복되시며 태중의 아들 예수님 또한 복되시나이다. 천주의 성모 마리아님, 이제 와 저희 죽을 때 저희 죄인을 위하여 빌어 주소서, 아멘." 그런 후 그는 덧붙였다. "거룩하신 성모 마리아여, 이 고기의 죽음을 위해서 기도해 주소서. 참으로 멋진 놈이옵나이다."

기도를 드리고 나니 한결 기분이 나아졌다. 하지만 어깨의 통증은 여전했고 어쩌면 전보다 더 심한 것 같기도 했다. 그는 뱃머리 판자에 등을 기댄 채 기계적으로 왼손을 꼼지락거렸다.

미풍이 부드럽게 불고 있었지만 햇볕은 따가웠다.

"배 뒤쪽에 드리운 짧은 낚싯줄의 미끼를 갈아 끼우는 게 낫겠어." 그가 말했다. "저놈의 고기가 하룻밤 더 버티기로 마음 먹는다면 뭔가 먹어둬야 해. 병에 물도 얼마 남지 않았군. 여기서는 돌고래밖에 안 잡힐 거야. 하지만 신선할 때 먹으면 그런대로 먹을 만해. 오늘 밤 날치라도 한 마리 배 위로 뛰어오르면 좋으련만. 하지만 놈을 유인할 불빛이 없어. 날치는 날로 먹으면 정말 맛이 그만이지. 몸뚱이를 자를 필요도 없고. 이제 내가 가진 힘을 조금이라도 아껴야 해. 제길, 저놈이 저토록 큰 놈인 줄 몰랐단 말이야."

"하지만 저놈을 죽이고 말겠어. 놈이 아무리 크고 멋진 놈이라도 말이야." 노인이 말했다.

옳지 않은 짓일지라도 말이야, 라고 노인이 생각했다. 아무튼 저놈에게 나라는 인간에게 어떤 능력이 있는지, 얼마나 대단한 인내력이 있는지 보여줘야 해.

"그 애에게 내가 유별난 늙은이라고 말했지." 노인이 말했다. "지금이 바로 그것을 증명할 기회야."

그는 이미 수천 번도 더 그 사실을 증명한 셈이었지만 지금 이 순간 그것은 아무 의미도 없었다. 그는 지금 그 사실을 또다시 증명해 보이려 하고 있었다. 매 순간이 새로운 순간이었고 지금 그것을 증명하려는 순간 노인은 과거에 대해서는 전혀 생각하지 않았다.

놈이 잠이라도 잤으면 좋겠군. 그러면 나도 잠을 자면서 사자 꿈을 꿀 수 있을 텐데, 라고 그는 생각했다. 왜 사자들만 머릿속에 남아 있는 걸까? 어이, 늙은이, 생각 따위는 하지 마, 라고

노인과 바다

그는 자신에게 경고했다. 편안히 뱃전에 몸을 기댄 채 아무 생각도 하지 마. 저놈은 지금 움직이고 있어. 그러니 자네는 가능한 한 머리도 굴리지 말고 움직이지도 않는 게 상책이라니까.

오후로 접어들고 있었고 배는 여전히 천천히, 그리고 꾸준히 움직이고 있었다. 그런데 이제 가벼운 동풍이 불어와 배의 진로를 약간이나마 방해해주었기에 노인은 잔잔한 물결에 부드럽게 몸을 맡기고 나아갈 수 있었다. 등을 가로지르고 있는 밧줄이 주는 통증도 한결 가볍고 부드러워졌다.

오후에 한 번인가 낚싯줄이 다시 올라오기 시작했다. 하지만 물고기는 전보다 약간 더 올라온 상태에서 계속 헤엄치고 있었다. 햇볕이 노인의 왼쪽 팔과 어깨와 등에 내리쪼였다. 노인은 고기가 북동쪽으로 진로를 바꾸었음을 알 수 있었다.

일단 놈을 한 번 보았기에 노인은 자줏빛 가슴지느러미를 날개처럼 활짝 펼친 채 빳빳하게 세운 거대한 꼬리로 어두운 물속을 가르며 헤엄치고 있는 놈의 모습을 그려볼 수 있었다. 저렇게 깊은 곳에서 앞이 잘 보일까 모르겠어, 라고 노인은 생각했다. 놈의 눈은 아주 커. 그런데 그보다 훨씬 눈이 작은 말도 어둠 속에서 잘 볼 수 있단 말이야. 나도 전에는 어두운 곳에서도 잘 볼 수 있었지. 물론 아주 캄캄한 곳은 아니었지만. 어쨌든 거의 고양이처럼 밤눈이 밝았어.

햇볕이 내리쬐는 데다 그가 손가락을 부지런히 움직인 덕분에 왼손의 쥐가 이제 완전히 풀렸다. 그는 줄을 잡아당기고 있는 힘을 왼손으로 조금 더 옮기기 시작했으며 낚싯줄이 주는 통증을 약간 다른 곳으로 옮겨보려고 등 근육을 움츠렸다.

"고기야, 네놈이 아직 지치지 않았다면 네놈은 정말로 유별난 놈인 게 분명하다." 그가 큰 소리로 말했다.

노인은 이제 몹시 피곤했다. 그는 곧 밤이 오리라는 것을 알고 있었다. 그는 다른 일을 생각하려 애썼다. 노인은 메이저 리그에 대해 생각했다. 그에게는 '그란 리가스'라는 스페인 말이 훨씬 더 친근했다. 그는 뉴욕 양키스가 디트로이트 타이거스와 경기하고 있다는 것을 알고 있었다.

후에고(시합을 뜻하는 스페인어―옮긴이 주) 결과를 모르고 있은 지 이틀째로군, 이라고 그는 생각했다. 하지만 자신감을 가져야 해. 발꿈치에 돋아난 뼈 돌기가 주는 아픔에도 불구하고 모든 것을 완벽하게 이루어내는 저 위대한 디마지오 못지않은 사람이 되어야 해. 그런데 뼈 돌기가 어떤 걸까? 스페인어로 '운 에스푸엘라 데 후에소'라고 하지. 우리 스페인어에는 뼈 돌기라는 말이 없어. 싸움닭의 발톱에 끼우는 박차만큼 아플까? 나라면 참아낼 수 없을 거야. 싸움닭처럼 한쪽 눈이나 양쪽 눈을 잃고도 계속 싸우지는 못할 거야. 위대한 새나 짐승들에 비해 볼 때 인간은 별 게 아니야. 나는 여전히 저 아래 어두운 바다 깊은 곳의 저 짐승이 되고 싶어.

"상어가 오지만 않는다면 말이야." 그가 큰 소리로 말했다. "상어들이 온다면 저놈이나 나나 비참한 꼴이 되겠지."

저 위대한 디마지오도 나만큼 오래 저 고기와 맞설 수 있을까? 분명히 그럴 수 있을 거야. 젊고 강하니까 더 오래 버틸 수 있을 거야. 게다가 그의 아버지가 어부였다잖아. 하지만 뼈 돌기가 너무 아프지 않을까?

"알 수 없지." 그가 큰 소리로 말했다. "내게는 뼈 돌기가 생겨본 적이 없으니까."

해가 질 무렵 노인은 자신감을 불어넣기 위해 카사블랑카의 어느 술집에서 시엔푸에고스 출신의 몸집이 큰 흑인과 팔씨름했던 때를 기억해 냈다. 그 흑인은 부두에서 가장 힘이 세다고 알려져 있었다. 그들은 백묵으로 선을 그어놓은 테이블 위에 팔꿈치를 곧게 올려놓은 채 손을 꽉 맞잡고 낮과 밤을 꼬박 보냈다. 둘은 상대방의 팔을 탁자 위에 꺾어놓기 위해 안간힘을 썼다. 사람들이 내기를 걸었고 많은 사람이 등잔불이 밝혀져 있는 방을 들락날락했다. 그는 흑인의 팔과 손, 얼굴을 빤히 쳐다보았다. 여덟 시간이 지나자 심판이 교체되었고 이후 심판이 잠을 자야 했기에 네 시간마다 교대했다. 그의 손톱 밑에서도, 흑인의 손톱 밑에서도 피가 배어 나왔다. 두 사람은 상대방의 눈과 손과 팔뚝에서 눈을 떼지 않았다. 돈을 건 사람들은 방을 들락거리기도 하고 벽 옆에 놓인 높은 의자에 앉아 팔씨름을 지켜보기도 했다. 나무 판자벽에는 옅은 파란색 페인트칠이 되어 있었고 램프 불빛에 그들의 그림자가 벽에 어른거렸다. 흑인의 그림자는 거대했으며 램프 불꽃이 미풍에 흔들릴 때마다 벽 위의 그림자도 함께 흔들렸다.

밤새 엎치락뒤치락하면서 승부가 나지 않자 사람들은 흑인에게 럼주를 먹여주고 담뱃불을 붙여주었다. 럼주를 마시자 흑인은 엄청난 힘을 발휘해서 한 번은 노인의 팔을, 아니 당시에는 노인이 아니라 산티아고 엘 캄페온이었던 그의 팔을 거의 10센티미터 가까이 기울어지게 했다. 하지만 노인은 다시 손을 원래 위치 가까이 되돌려 놓았다. 그때 그는 훌륭한 친구이자 대단한 운동선수인 흑인을 이길 수 있다고 확신했다. 동이 트자 내기를 건 사람들이 무승부로 하는 게 어떠냐고 묻고 심판이 고개를 가로저었다. 그러자 그는 젖 먹던 힘을 다해 흑인의 팔을 조금씩 꺾어서 드디어 탁자 위에 눕혀버렸다. 일요일 아침에 시작한 시합이 월요일 아침에 끝이 난 것이다. 돈을 건 사람들이 무승부를 제안했던 것은 일하러 가야 했기 때문이었다. 그들은 선창에서 설탕 하역 작업을 하거나 아바나 석탄 회사에서 일했다. 그렇지만 않았다면 모두 끝장을 보기를 원했을 것이다. 어쨌든 그는 모든 사람이 일하러 가기 전에 시합을 끝냈다.

그 뒤로 오랫동안 누구나 그를 챔피언이라고 불렀다. 그들은 봄에 다시 한번 시합을 벌였다. 하지만 돈을 건 사람들은 별로 없었고 그는 아주 쉽게 이길 수 있었다. 첫 번째 시합에서 시엔푸에고스 출신 흑인의 기를 꺾어놓은 덕분이었다. 그 뒤로 그는 두세 번 더 시합을 벌였지만 더 이상은 하지 않았다. 그는 마음만 먹으면 그 누구든 언제고 꺾을 수 있다고 생각했다. 하지만 오른손으로 팔씨름을 하는 것은 고기잡이에 해롭다고 판단했다. 그는 왼손으로 몇 번 시합을 벌였다. 하지만 왼손은 늘 그를 배반했고 그가 원하는 대로 따라주지 않았다. 그때부터 그는 자신의 왼손을 별로 믿지 않았다.

이제 해가 왼손을 잘 덥혀 주겠지, 라고 그는 생각했다. 밤에 너무 춥지만 않다면 다시 쥐가 나는 일은 없을 거야. 오늘 밤에 무슨 일이 있을지 궁금하군.

마이애미행 비행기 한 대가 머리 위로 지나갔고 노인은 비행기 그림자에 놀란 날치 떼가 뛰어오르는 모습을 볼 수 있었다.

"날치 떼가 있는 걸 보니 분명히 돌고래가 있겠군." 그가 말했다. 그는 등에 걸치고 있는 낚싯줄을 좀 끌어들일 수 있는지 시험해 보려고 등을 뒤로 기대려 해보았다. 하지만 줄이 당겨지기는커녕 금방이라도 끊어져 버릴 듯 더 팽팽해지면서 물방울들이 튀었다. 배는 여전히 천천히 앞으로 나아가고 있었다. 노인은 비행기가 보이지 않을 때까지 눈으로 좇았다.

비행기 안에 타고 있으면 아주 이상할 거야, 라고 그는 생각했다. 저렇게 높은 곳에서 보면 바다는 어떻게 보일까? 너무 높이만 날지 않는다면 고기가 더 잘 보일 거야. 한 300미터 정도 되는 높이를 아주 천천히 날아가면서 그 위에서 고기들을 보고 싶군. 바다거북잡이 배를 탔을 때 돛대 꼭대기 가로대에 올라간 적이 있었지. 그 정도 높이에서도 더 많은 걸 볼 수 있었어. 거기서 보면 돌고래는 더욱 짙은 녹색을 띠고 있었고 줄무늬와 자줏빛 반점까지도 보였지. 헤엄치는 그들 무리도 한눈에 들어왔어. 그런데 어두운 해류에서 빠르게 움직이는 고기들은 왜 등이 자줏빛이고 대개 줄무늬와 점이 있는 걸까? 물론 돌고래는 실제로는 황금색이어서 초록색으로 보이는 걸 거야. 하지만 정말 배가 고파서 먹이를 찾을 때면 청새치처럼 양쪽 옆구리에 자줏빛 줄이 생긴단 말이야. 화가 나서 그런 무늬가 생기는 걸까? 아니면 너무 빨리 헤엄치기 때문에 생기는 걸까?

　어두워지기 전에 배는 마치 커다란 섬처럼 떠있는 모자반 해조 곁을 지나고 있었다. 해조가 잔잔한 파도에 너울거리며 출렁이는 모습은 마치 바다가 노란 담요 밑에서 사랑 행위를 하고 있는 것 같았다. 바로 그때 배 뒤쪽에 낮게 드리운 낚싯줄에 돌고래 한 마리가 걸렸다. 노인은 그놈이 공중으로 뛰어올랐을 때 비로소 그 모습을 볼 수 있었다. 놈은 석양빛을 받아 진짜 황금색을 띤 채 몸을 구부리고 뒤틀며 사납게 요동쳤다. 겁에 질린 놈은 몇 번이고 공중으로 뛰어오르며 곡예를 부렸다. 노인은 고물 쪽으로 가서 오른손과 팔로 긴 낚싯줄을 잡고 몸을 웅크렸다. 그는 왼손으로 돌고래를 잡아당기면서 배 위로 끌어올린 줄을 맨발로 밟았다. 돌고래가 필사적으로 몸을 이리저리 뒤척이며 고물 가까이 끌려오자 노인은 고물 너머로 몸을 기울이고 자줏빛 반점에 황금빛으로 번쩍이는 고기를 배 안으로 끌어 올렸다. 고기는 마치 낚시를 황급히 물어버리겠다는 듯 주둥이를 발작적으로 놀렸다. 돌고래는 길고 납작한 몸과 꼬리와 머리로 배 바닥을 마구 두들겨 대다가 노인이 대가리를 몽둥이로 몇 차례 내려치자 비로소 몸을 부르르 떨더니 잠잠해졌다.

노인은 낚시에서 고기를 떼어낸 후 또 다른 정어리 한 마리를 미끼로 단 후 배 밖으로 던졌다. 그런 후 천천히 뱃머리 쪽으로 돌아갔다. 그는 왼손을 씻은 다음 바지에 문질러 닦았다. 이어서 그는 무거운 낚싯줄을 오른손으로부터 왼손으로 옮긴 다음 오른손을 바닷물에 씻으면서 해가 바닷속으로 가라앉는 모습과 낚싯줄이 기울어져 있는 모습을 바라보았다.

"놈이 조금도 변하지 않았군." 그가 말했다. 하지만 손에 느껴지는 바닷물의 움직임을 보고 눈에 띄게 이동속도가 느려진 것을 알 수 있었다.

"고물에 노 두 개를 함께 묶어서 늘어뜨려야겠군. 그러면 밤 사이에 저놈 속도가 느려질 거야." 그가 말했다. "저놈은 밤새 끄떡없을 거고 나도 마찬가지야."

돌고래 내장은 좀 있다가 빼내야겠어. 그래야 피가 육질 속에 남아 있을 수 있으니까, 라고 그는 생각했다. 조금 있다가 그 일을 하면서 노를 붙들어 매어 방해물을 만들기로 하자. 해 질 무렵이니 저놈의 물고기는 당분간 얌전히 놔둔 채 건드리지 말아야지. 해가 질 때는 어떤 고기라도 다루기 힘든 법이니까.

노인은 바람에 손을 말린 다음 낚싯줄을 잡았다. 그는 되도록 편안한 자세를 잡았다. 그는 몸을 널빤지에 기댄 채 끌려가는 대로 몸을 맡겼다. 그런 자세를 취하자 배가 그가 쓰는 만큼의 힘으로, 아니 그 이상의 힘으로 줄을 잡아당기고 있는 셈이 되었다.

요령을 터득해 가는군, 이라고 그는 생각했다. 어쨌든 이 부분에서는 말이야. 그리고 놈이 먹이를 삼킨 후 아무것도 먹지 않았다는 걸 잊지 말아야 해. 놈은 몸집이 크니 먹이가 많이 필요할 텐데. 나는 다랑어 한 마리를 먹어치웠어. 내일은 돌고래도 먹을 거고. 그는 돌고래를 도라도라고 불렀다. 이놈의 내장을 빼낼 때 조금 먹어둬야 할지도 모르겠군. 다랑어보다는 먹기가 쉽지 않을 거야. 하지만 세상에 쉬운 일이 어디 있나.

"어이, 고기 친구, 지금 기분이 어떠신가?" 그가 큰 소리로 물었다. "난 기분이 아주 좋아. 왼손도 좋아진 데다 오늘 밤과 내일 먹을 것도 준비돼 있거든. 자, 고기 친구, 어서 배를 끌어보시지."

사실 그는 정말로 기분이 좋은 것은 아니었다. 낚싯줄을 메고 있는 등의 통증이 통증 수준을 넘어서 마비 상태가 온 것이 아닌가 의심스러울 정도였기 때문이었다. 하지만 이보다 심한 일을 겪은 게 어디 한두 번인가, 라고 그는 생각했다. 오른손에 가벼운 상처를 입었을 뿐이고 이제 왼손의 쥐도 풀렸어. 다리도 멀쩡해. 게다가 식량 문제로 치자면 내가 놈보다 훨씬 유리하단 말씀이야.

9월에는 해가 지면 곧바로 어두워지는 법이어서 이제 바다는 사방이 컴컴했다. 노인은 뱃머리 낡은 판자에 몸을 기댄 채 가능한 한 푹 휴식을 취했다. 첫 별들이 나타났다. 그는 리겔 성(星)의 이름을 알지는 못했지만 그 별이 보이면 곧 뭇별이 떠오른다는 사실은 알고 있었다. 그렇게 되면 멀리 떨어져 있는 친구들을 만나게 되겠지.

"저 고기도 내 친구지." 그는 큰 소리로 말했다. "저런 고기는 본 적도, 들은 적도 없어. 하지만 나는 저놈을 죽여야 해. 별들을 죽이지 않아도 된다는 건 정말 다행이야."

매일 사람이 달을 죽여야 한다고 상상해 봐, 라고 노인이 생각했다. 달이 도망가 버릴 거야. 또 사람이 매일 해를 죽여야만 한다고 상상해 봐. 우리는 운 좋게 태어난 거야, 라고 그는 생각했다.

그러자 아무것도 먹지 못하고 있는 고기가 불쌍하게 여겨졌다. 하지만 고기가 불쌍하다고 해서 고기를 죽이겠다는 그의 결심이 조금이라도 흔들린 것은 아니었다. 저놈을 얼마나 많은 사람이 먹을 수 있을까, 그는 생각했다. 하지만 그 사람들이 과연 저 고기를 먹을 자격이 있을까? 아니야, 절대로 없어. 저놈의 행동거지와 저 당당하고 위엄 있는 모습을 봐. 그 누구도 저 고기를 먹을 자격이 없어.

나는 이런 것들에 대해서는 잘 몰라, 라고 그는 생각했다. 하지만 우리가 해나 달, 혹은 별을 죽이지 않아도 된다는 건 정말 다행이야. 바다 위에 살면서 우리의 진정한 친구들을 죽이는 것만으로 충분해.

이제 뒤에 세워 놓은 노가 어느 정도 힘으로 놈에게 맞서게 하는 게 좋을지 생각해야 해. 위험도 따르지만 좋은 점도 있으니까. 만일 놈이 용을 썼는데 배 뒤에 세워 놓은 노의 힘 때문에 배가 가볍게 뒤따라가지 못한다면 줄이 끊기고 결국 놈을 놓쳐버리게 될지도 몰라. 배가 가벼워서 나나 저놈이나 이렇게 계속 고생하고 있지만 저놈이 전에 없이 굉장한 속력을 낸다면 오히려 배가 가벼운 덕분에 내가 안전한 셈이지. 돌고래가 상하기 전에 내장을 꺼내야겠어. 고기를 조금 먹고 기운을 차려야지.

자, 이제 한 시간만 더 쉰 다음 저놈이 지치지 않고 여전하다고 느끼면 배 뒤로 가서 그 일을 하고 그러면서 결정을 하자.

그동안 놈이 어떻게 행동하는지 어떤 변화를 보이는지 알 수 있을 거야. 노를 사용하기로 한 건 정말 좋은 생각이었어. 하지만 무엇보다 안전을 먼저 생각할 때가 되었어. 저놈은 아직 팔팔해. 주둥이 한쪽 구석에 낚싯바늘이 꽂힌 채로 입을 꽉 다물고 있는 걸 내 두 눈으로 똑똑히 봤으니까. 낚싯바늘이 주는 고통은 아무것도 아니야. 배고픔이 주는 고통이 더 크지. 게다가 저놈은 자기가 전혀 알 수도 없는 상대와 싸우고 있잖아. 그게 큰 거야. 이보게 늙은이, 이제 푹 쉬게. 다음 할 일이 생길 때까지 고기에게 다 맡겨 놔.

노인은 자신이 거의 두 시간가량은 쉬었다고 생각했다. 늦도록 달이 떠오르지 않아서 시간이 얼마나 되었는지 알아볼 방법이 없었다. 게다가 그는 비교적 상당 시간 쉬었다지만 정말로 푹 쉰 것도 아니었다. 노인은 고기가 끌고 가는 힘을 여전히 어깨로 지탱하고 있었다. 하지만 그는 왼손으로 뱃머리의 뱃전을 잡고 배 자체의 힘으로 고기에 저항하려 애썼다.

만일 낚싯줄을 어딘가 고정할 수만 있다면 일은 간단할 텐데, 라고 그는 생각했다. 하지만 그렇게 하면 고기가 조금만 요동을 쳐도 줄이 끊어질 수 있었다. 내 몸으로 줄이 잡아끄는 힘을 버텨내면서 양손으로 줄을 풀어줄 준비를 하고 있어야 해.

"하지만 이 늙은이야, 넌 아직 한숨도 자지 못했잖은가." 그가 큰 소리로 말했다. "반나절과 하룻밤, 그리고 다시 하루가 지났는데도 아직 잠을 자지 않았어. 어떻게 해서든 놈이 얌전히 있는 동안 눈을 붙일만한 방법을 찾아야 해. 잠을 자지 못하면 머리가 흐리멍덩해질 수도 있어."

아직 머리는 충분히 맑아, 라고 그는 생각했다. 너무 맑아. 내 친구인 별들만큼 맑아. 그렇지만 잠은 자야 해. 별들도 잠을 자고 달과 해도 잠을 자. 심지어 바다도 해류가 없이 아주 조용한 날이면 잠을 자.

그러니 잊지 말고 잠을 자야 해, 라고 그는 생각했다. 억지로라도 잠을 자야 해. 그사이 낚싯줄을 어떻게 해야 할지 간단하면서도 확실한 방법을 찾아야지. 이제 뒤로 가서 돌고래를 손질하자. 그런데 잠을 자면서 노를 장애물로 사용한다는 건 너무 위험한 일이야.

잠을 자지 않고도 해낼 수 있어, 라고 그는 중얼거렸다. 하지만 그것도 너무 위험할지 몰라.

노인은 고기에게 갑작스러운 충격을 주지 않으려고 조심하면서 손과 무릎으로 기어서 고물 쪽으로 갔다. 어쩌면 저놈도 반쯤 잠들었을지 몰라, 라고 그는 생각했다. 하지만 저놈이 쉬게 해서는 안 돼. 죽을 때까지 계속 끌게 해야 해.

배 뒤로 가자 노인은 몸을 돌리고 왼손으로 어깨에 걸친 낚싯줄을 잡고 오른손으로 칼집에서 칼을 뽑았다. 별들이 밝게 빛나고 있어 돌고래의 모습이 또렷이 보였다. 그는 돌고래의 대가리에 칼을 찔러넣고 고물로부터 끌어올렸다. 그는 한 발로 고기를 누르면서 항문으로부터 아래턱 끄트머리까지 단숨에 좍 갈랐다. 그런 후 그는 칼을 내려놓고 오른손으로 내장을 뽑아내고 속을 깨끗이 긁어냈으며 아가미도 떼어냈다. 놈의 위(胃)를 들어보니 미끄럽고 묵직했다. 노인은 놈의 위를 갈랐다. 안에 두 마리의 날치가 들어있었다. 아직 싱싱했으며 살이 단단했다. 노인은 날치들을 옆으로 치워놓고 내장과 아가미를 고물 너머로 던졌다. 내장과 아가미가 물속에서 인광(燐光)을 길게 늘어뜨리며 바닷물 속으로 가라앉았다. 몸이 식은 돌고래는 별빛 아래에서 마치 문둥병 환자의 피부처럼 희끄무레한 모습을 드러내고 있었다. 노인은 오른발로 고기의 대가리를 밟은 채 한쪽 껍질을 벗겨냈다. 이어서 그는 고기를 뒤집어 다른 쪽 껍질도 마저 벗겨낸 후 대가리에서 꽁지까지 양쪽 살을 발라냈다.

그는 돌고래 뼈를 배 밖으로 던진 후 물속에서 소용돌이가 이는지 바라보았다. 하지만 돌고래 잔해는 천천히 가라앉았을 뿐이었다. 그는 다시 몸을 돌려 날치 두 마리를 두 쪽의 돌고래 고기 조각 사이에 끼워 넣은 다음 칼을 다시 칼집에 꽂고 천천히 뱃머리로 돌아왔다. 어깨를 가로지르고 있는 줄의 무게에 등이 구부정하게 굽어 있었고, 그의 오른손에는 고기가 들려 있었다.

뱃머리로 돌아온 그는 두 줄의 고기 조각을 나무판자 위에 놓고 그 옆에 나란히 날치를 놓았다. 그런 후 그는 어깨에 걸치고 있는 낚싯줄의 위치를 바꾸고 뱃전에 올려놓았던 왼손으로 그 줄을 다시 움켜잡았다. 그는 뱃전에 몸을 기울이고 바닷물에 날치를 씻었다. 그러면서도 손에 느껴지는 물의 속도를 잊지 않고 헤아려 보았다. 돌고래 껍질을 벗긴 손이 인광을 발하고 있었으며 그는 손에 느껴지는 물살의 흐름을 지켜보았다. 물살은 분명 좀 전보다 약해져 있었다. 그가 뱃전 바깥 판자에 대고 손 옆을 문지르자 미세한 인광 조각들이 떠돌다가 천천히 고물 뒤쪽으로 떠내려갔다.

"놈이 지쳤거나 쉬고 있군." 노인이 말했다. "자 이제 이 돌고래를 먹어 치운 후 쉬면서 눈을 좀 붙이자."

빛나는 별들 아래에서 점점 더 심해지는 한밤중의 냉기를 느끼며 노인은 돌고래 고기 한 줄의 절반을 먹었으며 내장을 긁어내고 머리를 잘라낸 날치 한 마리를 먹었다.

"돌고래 고기는 요리를 해서 먹으면 정말 맛있는데." 그가 말했다. "하지만 날로 먹으니 형편없군. 다음번에는 꼭 소금이나 라임을 갖고 배에 타야겠어."

조금만 머리를 써서 뱃머리 판자에 바닷물을 뿌려두었다가 말렸으면 좋았을 것을. 그러면 소금을 얻을 수 있었을 것을. 하지만 돌고래를 낚아 올린 건 거의 해가 질 무렵이었어. 어쨌든 준비 부족이었던 건 사실이야. 그래도 고기를 꼭꼭 잘 씹어 먹었더니 역겹지는 않군.

동쪽 하늘에 구름이 몰려오면서 그가 알고 있는 별들이 하나둘 사라졌다. 마치 거대한 구름의 골짜기로 들어가는 것 같았다. 바람은 멎어 있었다.

노인이 말했다.

"사나흘 내로 날씨가 나빠지겠는걸. 하지만 오늘 밤과 내일은 괜찮아. 자, 늙은이, 고기가 얌전히 있는 동안 잠잘 준비나 하시게나."

노인은 오른손으로 낚싯줄을 단단히 잡고 손을 넓적다리로 강하게 누른 다음 온몸의 무게를 뱃머리 널빤지에 맡겨버렸다. 그는 어깨에 두른 줄을 약간 아래로 내린 다음 왼손으로 그 줄을 단단히 떠받쳤다.

오른손이 버텨주는 한 낚싯줄을 잡고 있을 수 있겠지, 라고 그는 생각했다. 내가 잠들어 있는 동안 줄이 느슨해지면 줄이 풀려나가면서 왼손이 나를 깨워줄 거야. 오른손으로서는 힘든 일을 하는 거겠지만 힘든 일에 익숙해 있으니까. 이삼십 분 정도 눈을 붙일 수 있어도 충분할 텐데. 그는 몸 전체를 낚싯줄에 기댄 모양새로 오른손에 온몸의 무게를 맡긴 채 웅크린 자세로 잠이 들었다.

그는 사자들 꿈을 꾸지 않았다. 대신 거대한 무리를 이루고 있는 참돌고래들의 꿈을 꾸었다. 참돌고래 무리는 12킬로미터 내지 16킬로미터가량 길게 퍼져 있었다. 마침 교미 때라서 참돌고래들은 공중으로 높이 뛰어올랐다가 뛰어오를 때 수면에 만들어 놓은 구멍으로 다시 떨어지곤 했다.

이어서 그는 마을에 있는 자기 침대에 누워있는 꿈을 꾸었다. 북풍이 불어오고 있어 무척 추웠고 베개 대신 오른팔을 베고 있었기에 오른팔이 저렸다.

다음으로 노인은 길게 뻗은 노란 해안가 꿈을 꾸기 시작했다. 처음에는 사자 한 마리가 어둠 속에서 해안가로 내려오더니 이어서 다른 사자들이 뒤따랐다. 그가 타고 있는 배가 뭍에서 불어오는 미풍을 맞으며 닻을 내리고 있었고 그는 턱을 뱃머리의 판자에 기대고 서 있었다. 그는 사자들이 더 많이 나타나는지 보려고 기다렸다. 그는 행복했다.

달이 뜬 지 오래되었건만 그는 잠들어 있었고 고기는 꾸준히 줄을 끌고 있었다. 배는 구름 터널 속으로 들어가고 있었다.

노인은 자신의 오른 주먹이 갑자기 얼굴을 때리는 바람에 잠에서 깨어났다. 줄이 오른손에 얼얼한 통증을 주며 풀려나가고 있었다. 왼손에는 잡히는 것이 없었지만 그는 오른손으로 온 힘을 다해 맹렬하게 풀려나가는 줄을 멈추려고 했다. 마침내 그의 왼손이 줄을 찾아서 잡았고 그는 몸을 뒤로 젖혀 풀려나가는 줄에 저항했다. 등과 왼손이 화끈 달아오르는 것 같았고 왼손으로 온 힘을 다해 줄을 잡는 바람에 손에 심한 상처가 났다. 노인은 고개를 돌려, 감아 놓은 여분의 낚싯줄들을 바라보았다. 낚싯줄이 술술 풀려나가고 있었다. 바로 그때 고기가 요란하게 뛰어올랐다가 다시 첨벙 가라앉았다. 이어서 고기는 여러 번 계속해서 뛰어올랐으며 줄이 계속 풀려나가고 있는데도 불구하고 배는 여전히 빠르게 달려가고 있었다. 노인은 줄이 끊어질 정도로 팽팽하게 줄을 잡아당기고 또 잡아당겼다. 노인은 뱃머리 쪽으로 끌려가 얼굴을 돌고래 고기 조각에 처박힌 채 옴짝달싹할 수 없었다.

그래, 우리 모두 이때를 기다렸지, 라고 노인은 생각했다. 좋아, 어디 해보자.

저놈에게 낚싯줄값을 치르게 해야지, 라고 그는 생각했다. 그 값을 치르게 해야 해.

노인에게 고기가 뛰어오르는 모습은 보이지 않고 놈이 공중으로 솟구칠 때 바다가 갈라지는 소리와 놈이 다시 떨어질 때 내는 소리만 들릴 뿐이었다. 낚싯줄이 풀려나가는 속도 때문에 두 손이 심하게 얼얼했지만 그는 이미 이런 일이 있으리라는 것을 알고 있었다. 그는 못이 박힌 부분에만 줄이 닿도록 애쓰면서 줄이 손바닥에 파고들거나 손가락을 베지 않도록 조심했다.

그 애가 있었더라면 감아 놓은 낚싯줄에 물을 뿌려줄 텐데, 라고 그는 생각했다. 그래. 그 애가 옆에 있었더라면. 그 애가 있었더라면.

줄은 계속해서 멈추지 않고 풀려나가고 있었지만 이제 속도가 떨어져 있었다. 노인은 고기가 한 치의 줄이라도 잡아끌기 힘겹게 만들려고 애쓰고 있었다. 그는 겨우 나무판자로부터 고개를 들어 올릴 수 있었고 그의 뺨 아래 눌려 있던 돌고래 고기 조각에서 벗어날 수 있었다. 그는 무릎을 꿇은 다음 천천히 몸을 일으켰다. 그는 여전히 줄을 풀어주고 있었지만 속도는 줄곧 줄어들고 있었다. 그는 낚싯줄이 눈에 보이지는 않았지만 발로 더듬어 찾을 수 있는 곳으로 되돌아갔다. 아직 줄은 충분했고 이제 고기는 새롭게 물속으로 끌고 들어간 줄의 저항력까지 감당하며 줄을 끌어야 했다.

옳거니, 라고 노인은 생각했다. 저놈은 이제 열두 번도 넘게 뛰어올랐어. 등줄기를 따라 있는 부레에 공기가 가득 찼을 거야. 그러니 내가 끌어올릴 수 없을 정도로 깊은 곳으로 내려가서 죽지는 않을 거란 말씀이야. 곧 빙글빙글 돌기 시작할 거고 그때 작업을 시작하는 거야. 그런데 뭣 때문에 그렇게 갑자기 요동을 친 걸까? 배가 너무 고파서 발작한 걸까? 아니면 어둠 속에서 뭔가 보고 놀란 걸까? 아마 갑자기 겁에 질렸는지도 몰라. 하지만 그토록 점잖고 힘센 고기였는데. 겁도 없고 자신만만한 놈 같았는데. 정말 이상한 일이야.

"이봐 늙은이, 자네나 겁먹지 말고 자신만만하시지. 놈을 다시 붙잡고 있긴 하지만 줄을 끌어당기지는 못하고 있잖아. 하지만 놈은 이제 빙글빙글 돌기 시작할 거야."

노인은 왼손과 어깨로 물고기를 버텨내면서 몸을 엎드려 오른손으로 물을 퍼 올린 다음 얼굴에 뭉개져 붙어 있는 돌고래 고깃점을 씻어냈다. 그대로 두었다가는 욕지기가 나거나 토해서 기력을 잃을까 봐 두려웠기 때문이었다. 얼굴을 씻고 난 뒤 그는 오른손을 뱃전 너머 물에 담가서 씻어냈다. 그는 바닷물에 손을 담근 채 동이 트기 전에 희뿌옇게 밝아오는 하늘을 바라보았다. 놈이 이제 거의 동쪽을 향해 가고 있군, 이라고 그는 생각했다. 놈이 지쳐서 그냥 해류를 따라가고 있다는 뜻이야. 좀 있으면 놈이 빙글빙글 돌 거야. 그러면 우리의 진짜 싸움이 시작되는 거지.

노인은 오른손이 충분히 물속에 담겨 있었다고 판단하고 손을 들어 올린 후 살펴보았다.

"괜찮아." 그가 말했다. "사내에게 상처 따위가 대순가."

노인은 새로 생긴 상처에 줄이 닿지 않도록 조심하면서 줄을 잡은 다음 무게 중심을 옮겨 반대쪽 뱃전 너머로 왼손을 바닷물에 담갔다.

"너도 그저 쓸모없는 짓만 한 건 아니로구나." 그는 왼손에게 말했다. "그래도 너를 찾을 수 없었던 순간이 있었지."

나는 왜 양손을 다 제대로 쓸 수 있게 태어나지 않은 걸까? 왼손을 제대로 쓸 수 있도록 훈련하지 않은 건 내 잘못일지도 몰라. 배울 기회가 얼마든지 있었다는 건 하느님도 아셔. 그래도 지난밤에 제법 제 역할을 했고 쥐도 한 번밖에 나지 않았어. 다시 쥐가 난다면 낚싯줄에 잘려 나가도록 내버려 둘 거야.

그런 생각을 하면서 노인은 자신의 머리가 별로 맑지 않다는 것을 깨달았다. 그는 돌고래 고기를 좀 더 씹어 먹어야겠다고 생각했다. 하지만 못 먹겠어, 라고 그는 중얼거렸다. 토해서 기운을 잃느니 차라리 머리가 흐리멍덩한 게 나아. 내 얼굴을 처박고 있었던 걸 도저히 삼킬 수는 없어. 상하기 전까지 비상용으로 놔두기로 하자. 이제 뭘 먹고 기운을 차리기에는 너무 늦었어. 이런 멍청이, 라고 그는 중얼거렸다. 남은 날치 한 마리를 먹으면 되잖아.

날치는 언제라도 먹을 수 있게 깨끗하게 준비가 되어 있었다. 노인은 왼손으로 날치를 집어 들고 뼈를 꼭꼭 씹어가며 꼬리까지 다 먹어버렸다.

날치는 그 어떤 고기보다 영양분이 많아, 라고 그는 생각했다. 최소한 내게 필요한 힘 정도는 주지. 이제 내가 할 수 있는 일은 다 한 거야, 라고 그는 생각했다. 자, 고기야 빙빙 돌아라. 이제 싸움을 시작하자.

노인이 바다로 나온 이래 세 번째로 해가 떠올랐고, 바로 그때 고기가 빙글빙글 돌기 시작했다.

낚싯줄의 경사도로는 고기가 돌고 있는지 아닌지 알 수 없었다. 그러기에는 아직 너무 일렀다. 바로 그때 노인은 줄의 압력이 어렴풋이나마 느슨해지는 것을 느끼고 오른손으로 줄을 천천히 잡아당기기 시작했다. 줄은 여전히 팽팽하게 저항했지만 끊어질 정도로 팽팽해졌을 때 줄이 조금씩 당겨지기 시작했다. 그는 어깨와 머리에서 낚싯줄을 벗겨낸 다음 천천히 부드럽게 잡아당기기 시작했다. 그는 양손을 번갈아 교차하며 줄을 잡아당겼고 가능한 한 온몸과 다리의 힘을 모두 이용해 줄을 끌어당기려 했다. 그의 노쇠한 다리와 어깨가 낚싯줄을 끌어당길 때 축 구실을 했다.

"엄청나게 큰 원을 그리는구나." 그가 말했다. "하지만 어쨌든 돌고 있는 거야."

얼마 뒤 줄은 더 이상 당겨지지 않았다. 노인이 꽉 움켜쥐고 있는 줄에서 물방울이 튕겨 나와 햇빛에 반짝였다. 순간 다시 줄이 풀려나가기 시작했다. 노인은 무릎을 꿇고 아쉬운 눈길로 줄이 다시 어두운 물속으로 풀려가게 내버려 두었다.

"놈이 지금 돌고 있는 원의 제일 바깥쪽에 있는 거야"라고 노인이 말했다. 온 힘을 다해 잡아당겨야지, 라고 그는 생각했다. 잡아당길 때마다 점점 좁은 원을 그릴 테니까. 한 시간쯤 지나면 놈의 모습을 볼 수 있을지 몰라. 이제 놈을 제압하고 놈을 죽여야 해.

그러나 고기는 계속해서 천천히 원을 그렸고 그렇게 두 시간이 지나자 노인은 땀으로 흠뻑 젖었고 뼛속까지 피로가 밀려왔다. 그래도 이제 원은 훨씬 좁아졌고 낚싯줄의 기울기로 보아 물고기가 헤엄치면서 꾸준히 수면 위로 상승하고 있다는 것을 알 수 있었다.

한 시간 전부터 노인은 눈앞에서 검은 반점이 어른거리는 것을 알 수 있었다. 흐르는 땀 때문에 눈이 쓰렸고 눈 위와 이마의 상처가 따가웠다. 그는 검은 반점 따위는 개의치 않았다. 줄을 팽팽하게 당기다 보면 늘 있는 일이었다. 하지만 두 번씩이나 어찔해지면서 현기증을 느낀 것은 우려할 만한 일이었다.

"이런 놈을 잡다가 실패해서 죽을 수는 없지." 그가 말했다. "저놈이 저토록 멋들어지게 다가오고 있으니, 하느님 제발, 견뎌낼 힘을 주소서. 주기도문과 성모송을 백번이라도 더 외우겠습니다. 하지만 지금은 외울 수가 없습니다."

지금 외운 것으로 해두자. 나중에 반드시 외울 테니까, 라고 그는 생각했다.

그때 노인이 두 손으로 잡고 있는 낚싯줄에 갑자기 충격이 가해지면서 움찔하는 것이 느껴졌다. 날카롭고 드셌으며 묵직했다.

날카로운 주둥이로 철사 목줄을 들이박고 있군, 이라고 그는 생각했다. 그럴 줄 알았지. 그럴 수밖에 없었을 테고. 그런데 그 때문에 뛰어오를지도 몰라. 그냥 계속 돌기만 하면 좋을 텐데. 공기를 들이마시려면 뛰어올라야겠지. 하지만 그렇게 되면 낚싯바늘에 걸린 상처가 점점 넓어져서 낚싯바늘에서 빠져나갈 수도 있어.

"고기야, 뛰어오르지 말아라. 제발 뛰어오르지 말아." 그가 말했다.

고기는 목줄을 몇 번 더 들이받았고 고기가 머리를 흔들 때마다 노인은 줄을 조금씩 풀어주었다.

저놈의 고통을 저 정도로 유지해줘야 하는데, 라고 노인은 생각했다. 내 고통 따위는 상관없어. 참아낼 수 있으니까. 하지만 저놈은 너무 고통스러우면 발광해버릴지도 몰라.

얼마 뒤 고기는 더 이상 목줄을 들이받지 않았고 다시 천천히 원을 그리기 시작했다. 이제 노인은 꾸준히 줄을 끌어들이고 있었다. 하지만 다시 한번 정신이 아찔해졌다. 노인은 왼손으로 바닷물을 떠서 머리에 끼얹었다. 이어서 그는 물을 더 떠서 목을 문질렀다.

"이제 쥐가 나지 않는군. 저놈이 물 위로 떠오를 테고, 나는 끝까지 버틸 수 있어. 끝까지 버텨야 해. 두말할 필요도 없어."

그는 잠시 뱃머리에 무릎을 꿇고 낚싯줄을 다시 등 뒤로 천천히 넘겼다. 저 녀석이 멀리 돌고 있는 동안 잠시 쉬어야지. 놈이 다시 다가오면 일어나서 다시 싸워야지, 라고 그는 결심했다.

뱃머리에서 쉬고 싶다는 유혹이 너무 간절해서 노인은 줄을 감아 들이지 않고 고기가 한 바퀴 멋대로 돌도록 내버려 두고 싶었다. 하지만 손바닥에 느끼는 줄의 감각을 통해 놈이 몸을 돌려 보트 쪽으로 다가오고 있음을 감지하자 노인은 벌떡 일어나서 몸을 가눈 채 다시 고기가 끌고 갔던 줄을 감아 들이기 시작했다.

몹시도 피곤하군, 이라고 그는 생각했다. 그런데 무역풍이 불어오네. 저놈을 끌고 가기에 안성맞춤의 바람이야. 몹시 기다렸는데.

"저놈이 한 번 더 멀리 나가 원을 그릴 때 쉬어야겠다. 기분이 훨씬 나아졌어. 저놈이 두세 번만 더 선회하면 잡을 수 있겠어." 노인이 말했다.

노인의 밀짚모자는 뒤통수까지 젖혀져 있었고 고기가 다시 방향을 바꾸자 그는 줄에 끌려서 뱃머리에 털썩 주저앉고 말았다.

고기 친구, 이제 시작이란 건가? 네놈이 돌아오면 잡아버리겠다, 라고 그는 생각했다.

파도가 꽤 높게 일고 있었다. 하지만 날씨가 좋을 때 부는 바람으로써 그가 집으로 돌아가려면 꼭 필요한 바람이었다.

"배를 남서쪽으로 돌려야겠어." 그가 말했다. "남자가 바다에서 길을 잃는 법은 없어. 게다가 그 섬은 길게 뻗어있으니까."

고기가 세 번째 선회했을 때 노인은 고기를 처음으로 볼 수 있었다.

처음에는 어두운 그림자 같은 것이 배 밑을 지나가는 것이 보였다. 그런데 배 밑을 지나가는 데 한참 걸리는 것을 보고 노인은 그 길이를 믿을 수 없었다.

"아니, 이렇게까지 클 리가 있나!"

하지만 고기는 그토록 컸다. 고기는 한 바퀴 다 돌고 난 뒤에 배에서 겨우 2미터 정도 떨어진 곳에서 수면 위에 모습을 드러냈다. 노인은 물 밖으로 나온 놈의 꼬리를 볼 수 있었다. 거대한 낫보다 더 큰 꼬리는 검푸른 물 위에서 옅은 자주색을 띠고 있었다. 꼬리를 뒤쪽으로 비스듬히 기울인 채 고기가 수면 바로 밑에서 헤엄을 치자 노인은 놈의 거대한 몸뚱이와 띠를 두른 것 같은 자줏빛 줄무늬를 볼 수 있었다. 등지느러미는 아래쪽에 있었고 거대한 가슴지느러미는 활짝 펼쳐져 있었다.

이번 선회에서 노인은 고기의 눈을 볼 수 있었고 놈 주변에 바짝 붙어 헤엄치고 있는 잿빛 빨판상어 두 마리도 볼 수 있었다. 빨판상어들은 때로는 물고기에 찰싹 달라붙기도 했고 때로는 떨어져 나오기도 했다. 또 때로는 물고기 그늘 속을 유유히 헤엄치기도 했다. 두 마리 모두 길이가 1미터가량 되었고 빠르게 헤엄칠 때면 온몸을 뱀장어처럼 좌우로 흔들어 댔다.

노인은 땀을 흘리고 있었지만 햇빛 때문이 아니었다. 고기가 얌전히 회전할 때마다 그는 줄을 더 거두어들일 수 있었고, 노인은 두 번 정도만 더 돌면 작살을 꽂을 수 있도록 고기가 가까이 오리라고 확신했다.

하지만 놈을 좀 더 가까이, 더 가까이 끌어들여야 해, 라고 노인은 생각했다. 머리를 겨누면 안 돼. 심장을 겨눠야 해.

"이보게, 늙은이, 침착해. 힘을 내야 해."

다음번 선회 때 고기의 등이 물 밖으로 나왔지만 배로부터는 약간 거리가 있었다. 다음번 선회 때도 거리가 너무 멀었지만 좀 전보다는 높이 물 밖으로 솟아 나와 있었다. 노인은 줄을 조금만 더 끌어당기면 고기를 뱃전까지 오게 할 수 있으리라고 확신했다.

그는 오래전부터 작살을 준비해두었고 가벼운 작살 밧줄 뭉치는 바구니 안에 넣어두었다. 그리고 작살 끝은 뱃머리 말뚝에 단단히 고정해 놓았다.

고기는 오로지 꼬리만을 움직여 원을 그리며 평온하고 아름다운 모습으로 다가오고 있었다. 노인은 놈을 가까이 끌어오기 위해 있는 힘을 다해 줄을 잡아당겼다. 한순간 고기가 옆쪽으로 약간 기우뚱했다. 그러더니 다시 기운을 차리고 원을 그리기 시작했다.

"내가 저놈을 움직인 거야. 드디어 저놈을 움직인 거야." 노인이 말했다.

그는 다시 현기증을 느꼈지만 혼신의 힘을 다해 그 거대한 고기를 붙잡고 늘어졌다. 내가 저놈을 움직였어, 라고 그는 생각했다. 어쩌면 이번에는 놈을 이겨낼 것 같아. 손들아, 어서 당겨라, 라고 그는 생각했다. 다리야 버텨라. 머리야, 나를 위해 끝까지 견뎌라. 너는 정신을 잃은 적이 없어. 이번에는 놈을 끌어당기고 말 테다.

하지만 고기가 뱃전에 나란히 오기 직전, 노인이 온 힘을 다해 끌어당기자 고기는 몸을 뒤척이더니 다시 몸을 곧추세우고 멀리 헤엄쳐 가버렸다.

"이놈, 고기야, 넌 어차피 죽을 수밖에 없어. 그래, 나까지 죽일 작정이냐?" 노인이 말했다.

그래 본들 네가 얻을 게 뭐냐, 라고 노인은 생각했다. 말이 제대로 나오지 않을 정도로 입이 바싹 말랐지만 손을 뻗어 물병을 집을 기운조차 없었다. 이번에는 반드시 뱃전에 나란히 끌어다 놔야지, 라고 노인은 생각했다. 몇 번 더 돌면 내가 지탱할 수 없어. 아니, 그럴 수 있어, 라고 그는 중얼거렸다. 난 언제까지고 끄떡없을 거야.

다음번 선회 때 노인은 고기를 거의 잡을 뻔했다. 하지만 고기는 다시 몸을 곧추세우고 천천히 헤엄쳐 달아나 버렸다.

고기야, 네가 나를 죽이고 있구나, 라고 노인은 생각했다. 하긴 네게도 그럴 권리가 있지. 형제야, 너처럼 크고 아름다우며 너처럼 침착하고 고상한 놈은 이제껏 본 적이 없다. 자, 어서 와서 나를 죽여라. 누가 누구를 죽이든 아무 상관이 없다.

이제 머리가 점점 몽롱해지는군, 이라고 그는 생각했다. 정신을 똑바로 차려야 해. 머리를 맑게 하고 인간답게 고통을 이겨낼 줄 알아야 해. 아니면 고기답게, 라고 그는 생각했다.

"머리야 맑아져라. 맑아지란 말이다"라고 노인은 자신의 귀에도 들리지 않을 정도의 목소리로 말했다.

이후로도 똑같이 고기는 두 번을 더 맴돌았다.

어찌 된 영문인지 모르겠군, 이라고 노인은 생각했다. 그럴 때마다 매번 노인은 거의 정신을 잃을 지경이었다. 정말 모르겠어. 하지만 한 번 더 시도해봐야지.

그는 다시 한번 시도했다. 하지만 고기가 몸을 돌려 달아나자 그는 다시 정신이 나갈 것 같았다. 고기는 또다시 몸을 곧추세우고 큼직한 꼬리를 좌우로 흔들며 천천히 헤엄쳐 멀어졌다. 한 번 더 시도해야지, 노인은 다짐했다. 비록 양손이 흐늘흐늘해지고 눈앞이 가물가물했지만.

한 번 더 시도해 보았지만 마찬가지였다. 그렇다면, 그는 생각했다. 하지만 시도도 하기 전에 정신이 가물가물해지는 것 같았다. 한 번 더 시도해 보겠어.

노인은 자신의 온갖 고통, 자신에게 남아 있는 힘, 그리고 이미 오래전에 사라진 자부심을 총동원해서 고기와의 마지막 고통에 맞섰다. 이윽고 고기가 그의 옆으로 와서 주둥이가 거의 배에 닿을 정도의 거리에서 천천히 노인 옆을 헤엄쳐가기 시작했다. 자줏빛 줄무늬가 있는 은빛의 몸체, 그 길고 깊고 넓은 몸체, 물속으로 무한히 이어져 있는 듯한 그 몸체가 보트 옆을 지나갔다.

노인은 낚싯줄을 손에서 놓고 발로 밟았다. 그는 작살을 한 껏 높이 쳐들고 온 힘을 다해, 아니 그가 끌어낼 수 있는 한도 이상의 힘으로 자신의 가슴 높이까지 솟아오른 고기의 옆구리 에 작살을 내리찍었다. 거대한 가슴지느러미 바로 뒤였다. 작살 의 날이 깊숙이 박히는 것이 느껴졌다. 그는 작살에 기대어 더 깊숙이 박고 나서 자신의 온몸 무게를 실어 밀어 넣었다.

죽음을 눈앞에 둔 고기는 다시 생기를 되찾은 듯 물 위로 솟 아올라, 자신의 몸 전체의 길이와 넓이, 자신의 힘과 아름다움 을 한꺼번에 보여주었다. 배에 있는 노인보다 더 높이 솟구쳐 오른 것 같았다. 그런 후 고기는 첨벙 소리와 함께 물속으로 떨 어졌고 물보라가 노인과 배 전체를 덮쳤다.

노인은 의식이 몽롱하고 속이 느글거려 앞이 잘 보이지 않았 다. 그래도 그는 작살 줄을 풀어서 허물이 벗겨진 두 손 사이로 천천히 미끄러져 내려가게 했다. 겨우 눈이 보이기 시작했을 때 은빛 배를 드러내고 물 위에 자빠져 있는 고기의 모습이 그 에게 보였다. 작살 자루가 고기의 어깨에 비스듬히 꽂힌 채 튀 어나와 있었고 바닷물은 고기의 심장에서 뿜어져 나온 피로 온 통 시뻘겋게 물들어 있었다. 처음에는 한 길 깊이의 푸른 물속에 고기 떼가 시커멓게 모여 있는 것 같은 모양이었다. 이윽고 피는 마치 구름처럼 번져나갔다. 은빛의 고기는 물결에 조용히 흔들리고 있었다.

노인은 가물거리는 시선으로 조심스럽게 살펴보았다. 이어서 그는 작살 밧줄을 뱃머리 말뚝에 두 번 감고는 양손으로 머리를 감쌌다.

"정신 차려야 해." 그는 뱃머리 널빤지에 몸을 기대며 말했다. "나는 지친 늙은이야. 하지만 나는 내 형제인 이 고기를 죽였어. 그리고 이제부터는 노예 같은 일을 해야 해."

이제 저놈을 뱃전에 묶어 놓을 올가미와 밧줄을 준비해야 해, 라고 그는 생각했다. 비록 우리 둘뿐이지만 저놈을 배에 실었다가는 뱃전이 물에 잠길 거야. 물을 아무리 퍼내더라도 이 배가 감당하기에는 무리야. 만반의 준비를 해야 해. 저놈을 잡아끌어서 뱃전에 단단히 묶고 돛을 올린 다음 항구로 돌아가야지.

노인은 고기를 뱃전으로 끌어당기기 시작했다. 이어서 그는 아가미로부터 아가리까지 밧줄을 꿰어 대가리를 뱃머리 옆에 단단히 붙들어 매기 시작했다. 이놈을 제대로 보고, 만지고 느끼고 싶군, 이라고 노인은 생각했다. 이놈은 내 재산이니까, 라고 노인은 생각했다. 하지만 단지 그 때문에 이놈을 느끼고 싶은 건 아니야. 이놈의 심장을 느낀 것 같아, 라고 그는 생각했다. 작살을 두 번째로 찔러 넣었을 때였지. 자, 이제 이놈을 바짝 끌어들여 단단히 묶고 꼬리와 배에 올가미를 만들어 씌워 단단히 배에 붙들어 매야 해.

"이 늙은이야, 어서 일을 시작해." 그가 말했다. 그는 물을 아주 조금 마셨다. "싸움이 끝나니까 이제 노예 같은 일들이 수없이 기다리고 있군."

노인은 하늘을 올려다보고 나서 다시 고기에게로 눈길을 돌렸다. 이어서 그는 조심스럽게 해를 쳐다보았다. 정오가 지난 지 얼마 되지 않았군, 이라고 그는 생각했다. 무역풍이 일고 있어. 이제 낚싯줄 따위는 아무래도 좋아. 집으로 돌아가서 그 아이와 함께 새로 꼬면 되니까.

"자, 이리 오너라, 고기야." 그가 말했다. 하지만 고기는 오지 않았다. 대신 물 위에 벌렁 누운 채 떠 있었을 뿐이었다. 노인이 배를 저어 고기 쪽으로 갔다.

노인은 고기와 나란히 한 채 고기의 머리를 배의 이물에 붙들어 맸다. 그는 고기의 크기를 믿을 수 없었다. 그는 작살 밧줄을 기둥에서 푼 다음, 밧줄을 아가미에 넣어 턱 쪽으로 빼낸 후 칼날 같은 주둥이를 감았다. 이어서 그는 그 끝을 다른 쪽 아가미로 꿴 다음 주둥이를 또 한 번 감고 밧줄 끝을 이중으로 묶어 뱃머리 말뚝에 단단히 고정했다. 본래 자줏빛과 은색이 섞여 있었던 고기는 이제 완전히 은색으로 변해 있었고 줄무늬는 꼬리와 마찬가지로 옅은 보라색을 띠고 있었다. 줄무늬의 폭은 손가락을 활짝 펼친 어른 손바닥만큼 넓었으며 고기의 눈은 잠망경의 거울처럼, 혹은 행렬 중에 끼어있는 성자처럼 초연해 보였다.

"그놈을 죽이려면 그 방법밖에는 없었어." 노인이 말했다. 물을 마신 뒤 기분이 훨씬 좋아졌다. 그는 이제는 정신이 혼미해지지도 않고 맑으리라는 것을 알았다. 보아하니 족히 700킬로그램은 되겠어, 라고 그는 말했다. 어쩌면 더 나갈지도 몰라. 내장을 빼내면 삼분의 이 정도가 살코기일 거야. 킬로그램당 70센트씩 받는다면?

"그걸 계산하려면 연필이 있어야 해. 머리가 그다지 맑지 않거든." 노인이 말했다. "하지만 위대한 디마지오도 오늘 내가 한 일을 자랑스러워할 거야. 물론 내게는 뼈 돌기가 없어. 하지만 손과 등은 정말 아팠거든." 뼈 돌기가 도대체 어떤 걸까, 라고 그는 생각했다. 우리가 몰라서 그렇지 어쩌면 우리도 그런 걸 갖고 있는지 몰라.

노인은 고기를 뱃머리와 고물, 그리고 중앙부의 가로대에 단단히 붙들어 맸다. 고기가 너무 커서 훨씬 큰 배를 옆에 붙여놓은 것 같았다. 그는 줄을 한 가닥 끊어서 고기의 아래턱과 주둥이를 붙잡아 맸다. 고기 입이 열리지 않아야 배가 순조롭게 앞으로 나아갈 수 있을 것이기 때문이었다. 이어서 그는 갈고리로 사용하던 막대기와 미리 준비해 둔 활대를 이용해서 돛대를 세우고 누덕누덕 기운 돛을 펼쳤다. 이윽고 배가 움직이기 시작하자 노인은 고물에 반쯤 누운 채 남서쪽으로 방향을 잡았다.

노인에게는 남서쪽이 어느 쪽인지 알기 위해 나침반이 필요 없었다. 무역풍의 감촉과 돛이 펼쳐진 모양만으로도 충분했다. 짧은 낚싯줄에 속임낚시 미끼라도 달아서 뭐라도 잡아 배를 채우고 목이라도 축이면 좋겠는걸. 하지만 그런 미끼를 찾을 수 없었고 정어리는 이미 썩어서 쓸 수 없었다. 노인은 옆에서 떠다니는 누런 해조 다발을 갈고리로 건져 올린 후 배 위에서 흔들었다. 그러자 그 속에 들어있던 작은 새우들이 배 바닥에 떨어졌다. 열두어 마리도 넘는 새우들이 마치 개벼룩처럼 팔딱거렸다. 노인은 엄지와 검지로 머리를 잘라버린 후 껍질과 꼬리까지 통째로 씹어 먹었다. 작긴 했어도 영양분도 많은 데다 맛도 좋다는 것을 노인은 잘 알고 있었다.

노인에게는 두 모금 정도의 물이 남아 있었다. 그는 새우를 먹은 후 반 모금을 마셨다. 묵직한 고기를 달고 간다는 걸 감안한다면 배는 비교적 순조롭게 나아가고 있었다. 노인은 키 손잡이를 겨드랑이에 끼고 배의 방향을 잡았다. 그의 눈에 고기의 모습이 보였다. 그는 자신의 손들을 바라보고 고물에 기대고 있는 등의 감촉을 느끼고 나서야 이것이 꿈이 아니라 실제로 벌어진 일이라는 것을 실감할 수 있었다. 막판에 가서 정신이 가물가물해졌을 때 그는 이것이 꿈일지도 모른다고 생각한 적이 있었다. 고기가 물 밖으로 솟구쳐 다시 물 위로 떨어지기 전에 잠시 움직이지 않고 떠 있는 모습을 보았을 때 그는 정말로 기이한 일이 벌어지고 있다고 확신했으며 도저히 그 광경을 믿을 수 없었다. 지금이야 눈이 평소처럼 정상으로 돌아왔지만 그때는 앞이 잘 보이지도 않았다.

이제 그는 고기가 정말로 눈앞에 있다는 것, 자신의 손들과 등은 결코 꿈이 아니라는 것을 알고 있었다. 손은 금세 나을 수 있을 거야, 라고 그는 생각했다. 피를 깨끗이 씻어냈으니 소금물이 상처를 낫게 해줄 거야. 진짜 심해의 물보다 더 좋은 약은 없지. 이제 정신만 똑바로 차리면 되는 거야. 두 손은 제 할 일을 제대로 해냈고 우리는 잘 나아가고 있어. 입을 꽉 다물고 꼬리를 위에서 아래로 꼿꼿이 세운 채 저놈은 마치 내 형제처럼 함께 나아가고 있어.

이어서 노인의 머리가 조금씩 다시 흐려지면서 이런 생각이 떠올랐다. 저놈이 나를 데려가는 건가, 아니면 내가 저놈을 데려가는 건가? 내가 저놈을 내 뒤에 끌고 가는 거라면 아무런 문제가 될 게 없어. 저놈이 위엄을 다 잃고 지금 배 안에 있다 해도 아무런 문제가 될 게 없어. 하지만 고기와 배는 서로 묶인 채 함께 나아가고 있어. 그래, 어디 나를 끌고 가고 싶다면 그렇게 하라지, 라고 노인은 생각했다. 내가 놈보다 꾀가 좀 많다는 것일 뿐, 놈은 내게 위해를 가할 생각이 전혀 없었거든.

그들은 순조롭게 항해를 계속했고 노인은 바닷물에 손을 담근 채 정신을 똑바로 차리려고 애썼다. 하늘 높이 뭉게구름이 떠 있었고 그 위에 새털구름이 떠 있는 것으로 보아 노인은 밤새 미풍이 불어오리라는 것을 알 수 있었다. 노인은 이것이 꿈이 아니라 현실이라는 것을 확인하려는 듯 계속 고기를 바라보았다. 그리고 한 시간 뒤 최초의 상어의 습격이 개시되었다.

상어는 우연히 나타난 것이 아니었다. 물고기의 피가 먹구름처럼 밑으로 가라앉아 저 깊은 바다 밑에서 흩어지자 놈은 물속 깊은 곳으로부터 위로 올라온 것이다. 상어는 아무런 거리

낌 없이 빠르게 위로 올라와 푸른 수면을 가르고 햇살 속에 모습을 드러냈다. 그런 후 놈은 다시 바닷속으로 들어가 냄새를 맡으며 배와 고기의 항로를 뒤따라 헤엄치기 시작했다.

놈은 가끔 냄새를 놓치기도 했다. 하지만 이내 다시 냄새를 포착하거나 냄새의 기미를 찾아내어 빠른 속도로 맹렬히 뒤쫓아왔다. 놈은 덩치가 아주 큰 청상아리였다. 놈은 그 어느 물고기보다 빠르게 헤엄칠 수 있었으며 주둥이를 제외하고는 온몸이 더없이 멋지게 생긴 놈이었다. 등은 황새치의 등처럼 푸르렀고 배는 은색이었으며 피부는 매끄럽고 보기 좋았다. 수면 아래에서 조금도 흔들리지 않는 높은 등지느러미로 마치 칼날처럼 물살을 가르고 있는 놈은 꽉 다물고 있는 거대한 주둥이만 제외한다면 황새치의 모습과 비슷했다. 꽉 다물고 있는 아가리 입술 안쪽에는 여덟 줄의 옥니 이빨이 안쪽을 향하여 비스듬히 박혀 있었다. 그 이빨은 대부분의 보통 상어처럼 피라미드 모양이 아니었다. 그 이빨은 마치 매 발톱처럼 오므린 사람의 손가락 같은 모양이었다. 이빨 각각은 거의 노인의 손가락 길이였으며 양쪽 가장자리에 마치 면도날처럼 날카롭게 날이 서 있었다. 바다에 있는 고기라면 그 무엇이든 먹이로 삼을 수 있게끔 생겨난 놈이었으며 너무 빠르고 힘이 센 데다가 워

낙 뛰어난 무기를 갖추고 있어서 놈에게 적수라고는 없었다. 이제 신선한 피 냄새를 맡은 놈은 푸른 등지느러미로 물살을 가르며 한껏 속력을 높여 다가오고 있었다.

상어가 다가오는 것을 본 노인은 놈이 두려워하는 것은 아무것도 없으며 뭐든 하고 싶은 대로 해치우는 놈이라는 것을 알아차렸다. 노인은 작살을 준비하고 상어가 다가오는 동안 밧줄을 단단히 묶었다. 고기를 잡아 묶기 위해 이미 끊어서 쓴 만큼 밧줄은 짧았다.

노인의 머리는 맑디맑았고 단호한 결의가 흘러넘치고 있었다. 하지만 희망이라고는 거의 없었다. 그토록 좋은 일이 오래 갈 리가 있나, 라고 그는 생각했다. 그는 가까이 다가오고 있는 상어를 바라보며 거대한 고기를 흘끔 바라보았다. 차라리 꿈이었으면 좋았을 것을, 이라고 그는 생각했다. 저놈이 고기를 공격하는 걸 막을 수는 없지만 해치울 수는 있을지도 몰라. '덴투소(뾰족한 이빨이라는 뜻의 스페인어. 청상아리를 가리킴-옮긴이 주)'로군. 빌어먹을 자식 같으니!

상어는 날쌔게 고물 쪽으로 다가오더니 큰 고기에게 달려들었다. 노인은 놈의 쩍 벌린 아가리와 이상야릇한 두 눈을 볼 수 있었다. 놈은 이빨로 철컥거리는 소리를 내면서 꼬리 바로 윗

부분을 물어뜯었다. 상어가 고개를 불쑥 물 밖으로 내밀었으며 등도 물 위로 드러났다. 노인에게 큰 고기의 껍질과 살점이 뜯기는 소리가 들렸다. 노인은 상어의 대가리를 겨눈 다음 두 눈을 잇는 선과 코에서 등으로 이어지는 선이 교차하는 지점에 작살을 박아 넣었다. 물론 상어에게 그런 선은 없었다. 다만 묵직하고 날카로운 푸른 대가리와 거대한 눈, 철컥 소리를 내며 모든 것을 삼켜버리는 무시무시한 아가리가 있을 뿐이었다. 하지만 그 지점은 바로 뇌가 있는 곳이었으며 노인은 바로 그곳을 공격한 것이다. 노인은 피가 질척거리는 손으로 온 힘을 다해 작살을 내리꽂았다. 희망은 없었지만 단호한 결의에 차 있었으며 철저한 적의로 불타오르고 있었다.

상어는 몸을 한 바퀴 굴렸다. 노인은 놈의 눈에서 생기가 사라진 것을 알 수 있었다. 놈은 다시 한번 몸을 뒤집더니 제 몸을 밧줄로 두 바퀴 감았다. 노인은 놈의 목숨이 끊어지리라는 것을 알고 있었지만 상어는 받아들이려 하지 않았다. 상어는 발랑 누운 채로 꼬리를 휘젓고 주둥이를 철컥거리면서 마치 쾌속정처럼 물을 가르고 돌진했다. 꼬리로 물을 내리칠 때마다 하얀 거품이 일었고 밧줄이 팽팽해지면서 바르르 떨다가 뚝 끊어져 버리자 몸뚱이의 사분의 삼 정도가 물 밖으로 드러났다.

상어는 잠시 물 위에 얌전히 떠 있었고 노인은 그 모습을 바라보았다. 이윽고 상어는 아주 천천히 가라앉았다.

"놈이 20킬로그램 정도는 뜯어냈군." 노인이 큰 소리로 말했다. 작살이랑 밧줄도 몽땅 가져갔어, 라고 그는 생각했다. 게다가 내 고기가 다시 피를 흘릴 테니 다른 놈들이 올 거야.

노인은 살점을 뜯겨 몸에 손상을 입은 고기에게 더 이상 눈길을 주고 싶지 않았다. 고기가 공격을 받았을 때 노인은 자신이 공격을 받는 느낌이었다.

하지만 나는 내 고기를 공격한 상어를 죽였다, 라고 그는 생각했다. 놈은 내가 지금까지 본 것 중에 가장 큰 덴투소였어. 내가 덴투소들을 얼마나 많이 보았는지는 하느님도 아셔.

그토록 좋은 일은 오래갈 리가 없어, 라고 그는 생각했다. 지금, 모든 게 꿈이었다면 얼마나 좋을까. 고기를 낚지도 않았고 혼자 침대 신문지들 위에 누워있다면 얼마나 좋을까.

"하지만 인간은 패배하도록 생겨난 게 아니야." 그가 말했다. "인간은 파멸할 수는 있어도 패배할 수는 없어." 하지만 고기를 죽인 건 정말 안 된 일이야, 라고 그는 생각했다. 어려운 때가 닥쳐올 텐데 내게는 작살도 없어. 덴투소라는 놈은 잔인하고 능력 있으며 힘이 센 데다 머리도 좋지. 하지만 놈보다는 내

머리가 더 좋아. 아냐, 아닐지도 몰라, 라고 그는 생각했다. 그 놈보다 단지 무기가 좋았는지도 몰라.

"이봐, 늙은이, 생각 좀 그만해." 노인이 큰 소리로 말했다. "배를 몰다가 일이 닥치면 그때 가서 대처하는 거야."

하지만 생각을 해야 해, 라고 그는 생각했다. 내게 남은 거라곤 그뿐이니까. 생각하는 것하고 야구밖에 없지. 위대한 디마지오는 내가 놈의 골통을 찍어누른 데 대해 어떻게 생각할까? 뭐, 대단한 건 아니었지만, 이라고 그는 생각했다. 사내라면 할 수 있는 일이지. 그런데 내 손들이 뼈 돌기만큼 크게 불리한 상황에 처해 있었을까? 나로서는 알 수 없지. 수영하다가 노랑가오리를 밟았을 때 그놈에게 쏘여 다리 아랫부분이 마비되고 참을 수 없을 만큼 아팠던 때를 제외하고는 발뒤꿈치에 이상이 있었던 적이 없으니까.

"이 늙은이야, 좀 더 즐거운 일을 생각해 봐. 이제 점점 집에 가까워지고 있잖아. 20킬로그램이 줄었으니 배가 좀 더 가볍게 앞으로 나아갈 수 있게 되었잖아."

노인은 배가 해류 안쪽으로 들어가게 되면 어떤 일이 벌어질지 잘 알고 있었다. 하지만 지금으로서는 할 수 있는 일이 아무것도 없었다.

"아니야, 방법이 있지." 그가 큰 소리로 말했다. "노의 손잡이에 칼을 단단히 묶어 놓으면 돼."

노인은 키를 겨드랑이에 끼고 돛에 매어놓은 줄을 발로 밟은 채 그 일을 했다.

"자, 됐어. 나는 여전히 늙은이지만 전혀 방비가 없지는 않아." 그가 말했다.

미풍이 상쾌하게 불어왔고 그는 순조롭게 항해를 계속했다. 고기의 앞부분만 바라보고 있자니 희망이 약간 되살아났다.

희망을 버린다는 건 어리석은 일이지, 라고 그는 생각했다. 게다가 나는 그건 죄악이라고 생각해. 죄에 대해서는 생각하지 말자, 라고 그는 생각했다. 죄 같은 것 말고도 지금 문제가 얼마나 많은데. 게다가 난 죄란 게 어떤 건지 제대로 알고 있지도 못하잖아.

나는 죄가 뭔지 알지도 못하는 데다 내가 죄를 믿고 있는지도 모르겠어. 고기를 죽이는 건 아마 죄겠지. 내가 먹고살기 위해, 혹은 많은 사람을 먹이기 위해 한 짓이라 할지라도 죄는 죄일 거야. 하지만 그렇다면 죄가 아닌 게 없겠네. 죄에 대해서는 생각하지 말자. 그러기에는 이미 때가 너무 늦었어. 게다가 죄를 생각하는 일로 먹고사는 사람들도 많잖아. 죄에 대한 생각은 그런 사람들이나 하라지. 고기가 고기로 태어난 것처럼 너는 어부로 태어난 거야. 성 베드로도 위대한 디마지오의 아버지처럼 어부였지.

하지만 노인은 자신과 연관된 모든 일에 대해서 생각하는 것을 좋아했고 읽을 것도 라디오도 없었기에 생각이 많을 수밖에 없었다. 그는 죄에 대해 계속 생각했다. 네가 고기를 죽인 것은 먹고살기 위해서, 혹은 그걸 팔아 식량을 마련하기 위해서만은 아니었어, 라고 그는 생각했다. 너는 자존심 때문에 고기를 죽인 것이고 네가 어부이기 때문에 죽인 거야. 고기가 살아 있을 때 너는 그 고기를 사랑했고 죽은 뒤에도 사랑했어. 네가 고기를 사랑한다면 죽여도 죄가 되지 않아. 아니면 더 무거운 죄를 짓는 걸까?

"이 늙은이야, 너무 생각을 많이 하는군." 그가 큰 소리로 말했다.

하지만 너는 덴투소를 죽일 때는 즐기고 있었잖아, 라고 그는 생각했다. 놈도 너처럼 살아 있는 고기를 먹고 사는 놈이야. 놈은 다른 몇몇 상어처럼 썩은 고기를 먹거나 이것저것 닥치는 대로 먹는 놈이 아니야. 놈은 아름답고 고상한 데다 아무런 두려움도 모르는 놈이야.

"내가 놈을 죽인 건 정당방위였어." 노인은 큰 소리로 말했다. "게다가 단번에 깨끗하게 죽였어."

세상 모든 것은 어떤 식으로건 다른 모든 것을 죽이고 있는 거야, 라고 그는 생각했다. 고기잡이 일은 나를 먹여 살리는 꼭 그만큼 나를 죽이고 있어. 그 애는 나를 살려주지, 라고 노인은 생각했다. 자신을 너무 속여서는 안 되지, 라고 그는 생각했다.

노인은 뱃전 밖으로 몸을 내밀고 상어가 물어뜯은 고기 살점을 조금 떼어냈다. 노인은 고기를 씹으며 고기의 질과 맛을 음미했다. 육류처럼 단단하고 즙이 많았지만 붉지는 않았다. 힘줄도 없으니 시장에서 비싼 값을 받을 수 있을 게 분명했다. 하지만 바닷물 속에 퍼지는 고기의 피 냄새를 없앨 도리는 없었다. 노인은 최악의 상황이 닥쳐오고 있음을 잘 알고 있었다.

미풍은 꾸준히 불어왔다. 배를 북서쪽으로 조금 멀리 벗어나게 했지만 방향을 완전히 바꾸어버리지는 않으리라는 것을 노인은 알고 있었다. 노인은 멀리 앞쪽을 바라보았다. 하지만 돛이나 선체는 그림자도 보이지 않았으며 배에서 나오는 연기도 보이지 않았다. 다만 뱃머리 쪽에서 이리저리 날뛰는 날치와 물에 떠다니는 누런 해조 더미만 보일 뿐이었다. 심지어 새 한 마리 보이지 않았다.

그는 고물 쪽에서 휴식을 취하며 두 시간가량 항해했다. 그는 원기를 돋우기 위해 청새치 살을 가끔 뜯어 먹었다. 그때였다. 배를 향해 오고 있는 상어 두 마리 중 앞의 놈이 눈에 띄었다.

"오!" 그가 큰 소리로 외쳤다. 그의 외침은 그 어떤 글자로도 옮겨 놓기 어려웠다. 못이 손바닥을 뚫고 널빤지에 박힐 때 저절로 나오는 외침 같은 것이라고나 할까.

"갈라노로군!" 그가 큰 소리로 말했다. 앞선 상어 뒤를 곧바로 따라오고 있는 뒤쪽 상어의 지느러미도 보였다. 삼각형의 갈색 지느러미와 휩쓸고 지나가는 듯한 꼬리의 움직임으로 보아 삽 모양의 코를 가진 상어임을 알 수 있었다. 냄새를 맡은 놈들은 흥분해 있었고 배가 너무 고파 멍청해졌는지 흥분한 상태에서 냄새를 찾았다, 놓쳤다 하고 있었다. 하지만 놈들은 꾸준히 가까이 다가오고 있었다.

노인은 돛 줄을 단단히 붙잡아 매고 키를 고정했다. 이어서 그는 칼을 붙들어 맨 노를 집어 들었다. 상처 입은 두 손이 아파서 그는 가능한 한 살며시 그것을 집어 들었다. 이어서 그는 손의 통증을 풀어주려고 가볍게 오므렸다 폈다 했다. 노인은 통증을 견뎌내려고 노를 두 주먹으로 단단하게 쥔 채 상어들이 다가오는 것을 지켜보았다. 이제 놈들의 넓적하고 평평한, 삽처럼 생긴 대가리가 보였고 끝이 하얗고 널찍한 가슴지느러미가 보였다. 냄새가 고약한 가증스러운 상어로서 놈들은 다른 고기를 잡아먹기도 하고 썩은 고기를 먹기도 하며 허기질 때는 배의 노건 키건 아무거나 닥치는 대로 물어뜯는다. 바다거북이 물 위에 뜬 채 잠을 자고 있을 때 다리를 잘라 먹고 달아나는 놈들도 바로 이놈들이다. 이놈들은 배가 고프면 피비린내나 생선 비린내를 풍기지 않는 물속의 사람에게까지 달려든다.

"오, 갈리노 놈아, 어서 와라, 이 갈리노 놈아." 노인이 말했다.

놈들이 다가왔다. 하지만 놈들은 청상아리처럼 덤벼들지는 않았다. 한 놈이 몸을 뒤집더니 배 밑으로 들어가 시야에서 사라졌다. 놈이 고기를 물어뜯고 잡아당기자 배가 흔들리는 것을 느낄 수 있었다. 그사이 다른 한 놈은 가늘게 찢어진 누런 눈으로 노인을 쳐다보더니 반원형의 주둥이를 쩍 벌린 채 재빨리 다가와 이미 살점이 뜯겨나간 부분으로 덤벼들었다. 갈색 머리통과 골과 척추가 연결된 등 위의 선이 또렷이 모습을 드러냈다. 노인은 바로 그 연결점에 노에 묶어 놓은 칼을 푹 찔러 넣었다. 이어서 그는 칼을 뽑아 고양이 눈알 같은 상어의 누런 눈깔에 다시 한번 내리꽂았다. 상어는 고기에서 떨어져 미끄러지듯 가라앉았다. 놈은 죽어가면서도 입에 물고 있는 것을 삼키고 있었다.

다른 한 놈이 여전히 고기를 물어뜯고 있었기에 배는 여전히 흔들렸다. 노인은 돛 줄을 풀어서 뱃전이 좌우로 흔들리게 했다. 물밑의 상어를 수면으로 올라오게 하기 위해서였다. 상어가 모습을 보이자 그는 뱃전 밖으로 몸을 내밀고 놈에게 일격을 가했다. 하지만 그는 놈의 몸통을 공격했을 뿐이었고 가죽이 단단해서 칼이 파고들지 못했다. 그 일격으로 노인의 두 손뿐 아니라 어깨에까지 통증이 왔다. 상어가 물 밖으로 대가리를 내밀고 재빨리 다시 다가왔다. 노인은 놈이 코를 물 밖으로 내놓고 다시 고기에게 달려들 때 납작한 대가리 한복판을 정통으로 찔렀다. 노인은 칼을 뽑아낸 후 정확하게 같은 부위를 다시 한번 찔렀다. 놈은 갈고리 모양의 주둥이로 여전히 고기에 매달려 있었다. 노인은 놈의 왼쪽 눈을 찔렀다. 그래도 상어는 여전히 매달려 있었다.

"이놈 보게." 노인이 말하면서 이번에는 척추와 골 사이에 칼날을 박았다. 이번에는 힘이 별로 들지 않았으며 연골이 끊어지는 것을 느낄 수 있었다. 노인은 노를 거꾸로 잡고 노깃을 상어 주둥이에 넣고 아가리를 열었다. 노인이 노를 비틀자 상어가 떨어져 나갔다. 노인이 말했다.

"잘 가거라, 갈라노 놈. 몇 킬로 깊이 가라앉아라. 가서 네 친구나 만나라. 아니면 네 어미인지도 모르지."

노인은 칼날을 닦고 노를 내려놓았다. 그는 돛 줄을 찾아내 다시 동여맨 후 돛에 바람을 가득 실은 배가 다시 제 길로 접어들게 했다.

"놈들이 고기의 사분의 일을 해치웠군. 그것도 제일 좋은 부위로 말이야." 그가 큰 소리로 말했다. "차라리 이 모든 게 꿈이었으면 좋았을 것을. 고기를 잡지 않았더라면 좋았을 것을. 고기야, 미안하다. 그 때문에 모든 게 엉망이 되었구나."

그는 말을 멈추었다. 이제 더 이상 고기로 눈길을 주고 싶지 않았다. 피가 빠져나가고 바닷물에 몸이 씻긴 고기는 거울의 뒷면처럼 은색을 띠고 있었지만 줄무늬는 여전히 선명했다.

"고기야, 그렇게 멀리까지 나가는 게 아니었다." 그가 말했다. "너도 그렇고 나도 마찬가지야. 고기야, 미안하다."

자, 하고 그는 중얼거렸다. 칼이 단단히 묶여 있는지 점검하고 혹시 날이 상한 곳이나 없는지 살펴봐야겠다. 손도 제대로 쓸 수 있도록 해놔야겠어. 놈들이 또 몰려올 테니까.

"칼을 갈 숫돌이 있었으면 좋았을 것을." 노인은 노 끝부분에 묶인 끈을 점검한 후 말했다. "숫돌을 가져왔어야 했어." 더

많은 걸 챙겨왔어야 했어, 라고 그는 생각했다. 그런데 이 노인
네야, 넌 그것들을 챙겨오지 않았잖아. 갖고 오지 않은 것들을
생각할 때가 아니야. 지금 가지고 있는 것들로 무엇을 할 수 있
는지 생각해야 해.

"자네는 정말 너무 많은 좋은 충고를 해주지. 하지만 이제 좀
지겨워." 그가 큰 소리로 말했다.

그는 노를 팔에 끼고 두 손을 바닷물에 담갔다. 배는 여전히
앞으로 나아가고 있었다.

"마지막 놈이 얼마나 뜯어먹었는지 모르겠군. 어쨌든 배는
훨씬 가벼워졌어." 노인이 말했다.

그는 물어뜯긴 고기의 아랫부분에 대해서는 생각하고 싶지
않았다. 상어가 한 번 달려들어 물어뜯을 때마다 살점이 찢겨
나가 널리 퍼져나갔을 것이고 마치 바닷속에 뚫린 고속도로처
럼 상어들이 추적할 길을 넓게 열어놓았으리라는 것을 그는 알
고 있었다.

한 남자를 겨우내 먹여 살릴 수 있을 만한 고기였어, 라고 그
는 생각했다. 그 생각은 하지 말자. 푹 쉬면서 남은 고기나 지켜
낼 수 있도록 손이나 제대로 추슬러 놔야 해. 물속에 온통 퍼져
있을 피 냄새에 비하면 내 손바닥의 피 냄새는 그야말로 새 발

의 피야. 게다가 손에서 별로 피가 나지도 않아. 대단한 상처는 없어. 피를 흘린 덕분에 왼손에 쥐가 나지 않는지도 모르지.

이제 무슨 생각을 해야 하나? 아무것도 없어. 아무 생각도 하지 말고 다음에 올 놈들을 기다려야 해. 정말로 꿈이었으면 얼마나 좋을까, 라고 그는 생각했다. 하지만 알 게 뭐야? 모든 게 다 잘될지도 모르잖아.

다음에 온 놈은 코가 납작한 상어 한 마리였다. 놈은 여물통에 주둥이를 들이대는 돼지처럼 다가왔다. 다만 사람 머리통이 들어갈 만큼 큰 주둥이가 돼지에게 있다면 말이다. 노인은 놈이 고기를 공격하게 내버려 두었다가 노 위에 묶어 놓은 칼을 놈의 골통에 박아 넣었다. 그런데 상어가 몸을 구르면서 뒤로 젖히는 바람에 칼날이 뚝 부러졌다.

노인은 자세를 잡고 키를 잡았다. 거대한 상어는 천천히 물속에 가라앉으면서 처음에는 실물 크기로 보이다가 점점 작아져서 이윽고 점처럼 되었지만 노인은 그 모습을 바라보지도 않았다. 그런 광경은 언제나 노인을 사로잡았었다. 하지만 지금 노인은 아예 그 모습에 눈길조차 주지 않았다.

"이제 갈고리만 남았군. 하지만 별로 소용이 없을 거야. 그래도 아직 노 두 개와 키 손잡이, 짤막한 몽둥이가 남아 있어."

이제 놈들에게 졌구나, 라고 그는 생각했다. 너무 늙어서 몽둥이로 상어를 때려죽일 수 없어. 하지만 노와 몽둥이, 키가 있는 만큼 끝까지 해볼 테다.

그는 다시 두 손을 바닷물 속에 담갔다. 벌써 늦은 오후가 되어가고 있었고 바다와 푸른 하늘 외에는 아무것도 보이지 않았다. 바다에는 전보다 바람이 거세게 불고 있었고, 노인은 어서 뭍이 보였으면 하고 바랐다.

"이, 늙은이야, 너도 지쳤구나. 속속들이 지쳤어." 노인이 말했다.

상어들이 다시 공격해온 것은 해가 지기 바로 직전 무렵이었다.

노인은 고기가 물속에 만들어 놓았음이 분명한 흔적들을 따라 쫓아오고 있는 갈색 지느러미들을 볼 수 있었다. 놈들은 심지어 냄새 탐색조차 하지 않았다. 놈들은 어깨를 나란히 하고 배를 향해 곧장 헤엄쳐 왔다.

노인은 키를 고정하고 돛 줄을 단단히 동여맨 다음 고물 아래서 몽둥이를 찾아 손에 쥐었다. 부러진 노에서 떨어져 나온 손잡이로서 70센티미터 정도 길이였다. 손잡이가 달려 있었기에 한 손으로도 쉽게 다룰 수 있었다. 그는 몽둥이를 오른손으로 단단히 움켜쥔 채 손을 가볍게 풀어주며 놈들이 다가오는 것을 지켜보았다. 두 마리의 갈라노 상어였다.

첫 번째 놈이 먹이를 물도록 내버려 두었다가 코나 대가리 꼭대기를 정통으로 내리쳐야지, 라고 그는 생각했다.

두 마리가 함께 다가왔다. 노인은 먼저 가까이 온 놈이 아가리를 벌리고 고기의 은빛 옆구리에 머리를 처박는 순간 몽둥이를 높이 쳐들었다가 상어의 넓은 머리통 위를 쾅 하고 힘차게 내리쳤다. 몽둥이가 상어의 머리통에 닿았을 때 그는 마치 단단한 고무 같은 탄력을 느꼈다. 하지만 그와 함께 단단한 뼈의 감촉도 느꼈다. 놈이 고기로부터 스르르 미끄러져 내려가는 순간 노인은 다시 한번 놈의 콧등을 거세게 내리쳤다.

다른 한 놈은 가까이 왔다 멀어졌다 하더니 아가리를 크게 벌린 채 다시 다가왔다. 놈이 고기를 덥석 물고 아가리를 다물자 주둥이 옆으로 살점이 허옇게 떨어져 나가는 것이 보였다. 노인은 놈을 향해 몽둥이를 휘두르며 머리를 내리쳤다. 상어는 노인을 바라보면서 계속 살점을 물어뜯었다. 상어가 고기를 삼키려고 뒤로 물러날 때 노인은 다시 한번 놈을 내리쳤다. 하지만 묵직한 고무 탄력 같은 것만 느껴질 뿐이었다.

"덤벼라, 갈라노 놈아! 어서 다시 덤벼 봐!" 노인이 말했다.

상어가 먹이를 향해 돌진했고 노인은 놈이 아가리를 다물 때 내리쳤다. 노인은 몽둥이를 한껏 높이 쳐들었다가 있는 힘껏 내리쳤다. 이번에는 상어의 골통 아래쪽을 가격하는 느낌이 전해졌고 노인은 같은 장소를 재차 가격했다. 상어는 굼뜨게 살점을 뜯어내고는 고기로부터 멀어지며 물속으로 미끄러져 내려갔다.

노인은 놈들이 다시 올까 감시했지만 두 놈 다 다시는 나타나지 않았다. 잠시 후 한 놈이 원을 그리며 수면 위를 돌고 있는 것이 보였다. 하지만 다른 놈은 지느러미조차 보이지 않았다.

놈들을 죽이는 것까지 기대할 수는 없지, 라고 그는 생각했다. 한창때였으면 그럴 수도 있었겠지. 그래도 두 놈 모두에게 심한 상처를 입혔으니 놈들 기분이 좋을 리는 없겠지. 두 손으로 몽둥이를 휘두를 수 있었다면 첫 번째 놈은 분명히 죽일 수 있었을 텐데. 비록 한창때가 아닌 몸이지만 말이야, 라고 그는 생각했다.

그는 고기를 보고 싶지 않았다. 그는 고기의 절반이 사라졌으리라는 것을 알고 있었다. 노인이 상어들과 싸우는 동안 해가 졌다.

"곧 어두워지겠는걸. 그러면 아바나의 불빛이 보이겠지. 동쪽으로 너무 멀리 왔다면 다른 해변의 불빛이 보일지도 몰라."

이제는 그다지 멀리 떨어져 있지 않을 텐데, 라고 그는 생각했다. 내 걱정을 하지들 않았으면 좋겠군. 물론 그 애만은 걱정하고 있겠지. 하지만 그 애는 나를 믿고 있을 거야. 늙은 어부들이야 걱정하겠지. 다른 많은 사람도, 라고 그는 생각했다. 나는 참 좋은 마을에 살고 있어.

그는 고기에게 더 이상 말을 걸지 않았다. 고기가 너무 심하게 손상되었기 때문이었다. 그때 문득 어떤 생각이 떠올랐다.

"반 토막 난 고기야. 전에는 멀쩡했던 고기야." 노인이 말했다. "내가 너무 멀리까지 나와서 미안하다. 내가 우리 둘 다 망치고 말았어. 하지만 너와 나, 우리는 많은 상어를 죽였고 다른 놈들을 물리쳤잖냐. 노련한 고기야, 너는 이제까지 몇 마리나 죽였느냐? 머리 위의 그 뾰족한 창을 공연히 달고 있는 건 아니겠지."

노인은 고기에 대해 생각하면서 고기가 자유롭게 헤엄칠 수 있다면 상어를 어떻게 상대했을까 생각하고는 흐뭇해했다. 저놈 주둥이를 잘라서 그걸로 상어 놈들과 싸웠어야 했을 것을, 이라고 그는 생각했다. 하지만 도끼도 없었고 이제는 칼조차 없었다.

만일 그걸 잘라내어 노 끝에 맬 수 있었다면 얼마나 멋진 무기가 될 수 있었을까. 그러면 우리는 함께 놈들과 싸울 수 있었을 텐데. 한밤중에 상어 놈들이 다시 오면 어떻게 하지? 이제 뭘 할 수 있지?

"놈들과 싸우는 거야"라고 그가 말했다. "죽을 때까지 싸울 테다."

하지만 이제 날은 어두워졌고 하늘에 어른거리는 빛무리도, 마을 불빛도 보이지 않았으며 바람만이 불어와 돛을 팽팽하게 끌고 있을 뿐이었다. 노인은 자신이 이미 죽어 있는지도 모른다고 느꼈다. 그는 두 손을 마주 잡고 손바닥을 느껴보았다. 손은 죽어 있지 않았다. 그는 간단하게 손을 오므렸다 폈다 하면서 생명의 고통을 다시 느낄 수 있었다. 노인은 고물에 등을 기대어 보고는 자신이 죽지 않았다는 것을 알았다. 어깨가 그 사실을 그에게 말해주었다.

고기를 잡으면 기도를 드리겠다고 약속했었지, 라고 그는 생각했다. 하지만 지금 기도문을 외우기에는 너무 지쳤어. 자루를 가져다 어깨에 두르는 게 낫겠다.

그는 고물에 누워 키를 잡은 채 하늘에 어른거리는 빛이 나타나기를 기다렸다. 고기는 반밖에 남지 않았군, 이라고 그는 생각했다. 운이 따른다면 앞쪽 반만이라도 가져갈 수 있을지 몰라. 내게도 운이 좀 있어야 할 것 아닌가. 아니, 그럴 리 없어. 너무 멀리 나왔을 때 이미 운을 망쳐버린 거야.

"바보 같은 생각 그만 해." 그가 큰 소리로 말했다. "정신 차리고 키나 제대로 잡아. 아직 운이 남아 있을지도 모르는데."

"운을 파는 곳이 있다면 조금 사들이고 싶군." 그가 말했다.

그런데 뭘 주고 운을 사지? 그는 자문해 보았다. 잃어버린 작살과 부러진 칼, 상처 입은 이 손으로 살 수 있을까?

"살 수 있을지도 몰라." 그가 말했다. "바다에서 보낸 여든 날 하고도 나흘로 너는 행운을 사려 했어. 그들도 네게 거의 팔려고 했었지."

이런 터무니없는 생각은 하지 말아야 해, 라고 그는 생각했다. 행운이란 다양한 모습으로 나타나는 법인데 누가 그걸 알아볼 수 있단 말인가? 그래도 어떤 모습의 행운이건 손에 넣고 싶군. 부르는 대로 값을 쳐주고 말이야. 마을의 불빛이 하늘에 어른거리는 걸 볼 수 있다면 얼마나 좋을까, 라고 그는 생각했다. 내가 너무 많은 걸 원하고 있군. 하지만 지금 당장 절실히 바라는 게 바로 그거야. 그는 좀 더 편안한 자세로 키를 잡으려 했다. 그는 몸에서 느끼는 통증을 통해 자신이 죽지 않았음을 느꼈다.

밤 10시쯤 되었으리라고 생각될 무렵 그에게 도시의 불빛이 하늘에 반사되어 어른거리는 것이 보였다. 처음에는 달이 뜨기 전의 하늘처럼 겨우 알아볼 수 있을 정도로 어렴풋했다. 이어서 미풍이 약간 거세지자 이제 거칠어진 저 바다 너머로 흔들리지 않는 불빛이 또렷이 보였다. 그는 불빛이 비치는 쪽으로 배를 돌리며 이제 곧 멕시코 만류의 가장자리로 들어가게 되리라고 생각했다.

이제 다 끝난 거야, 라고 그는 생각했다. 아마 상어들이 다시 공격해올지도 모르지. 하지만 이런 어둠 속에서 아무 무기도 없이 놈들과 맞서서 뭘 할 수 있지?

노인은 이제 몸이 뻣뻣해지면서 욱신욱신 쑤셔 왔고 몸에 입은 상처들과 긴장했던 부분들이 밤의 냉기에 한결 더 통증을 느끼게 했다.

하지만 자정 무렵 그는 다시 한번 싸웠다. 그리고 이번에는 싸워봤자 아무 소용이 없음을 알았다. 놈들은 떼를 지어 몰려왔으며 수면에 길게 줄지어 늘어선 지느러미들과 놈들이 고기에 달려들 때 생겨난 인광들만이 노인의 눈에 보일 뿐이었다. 그는 상어 대가리들을 마구 후려쳤다. 하지만 노인의 귀에는 놈들 아가리가 고기를 베어 무는 소리만 들릴 뿐이었고 놈들이 배 밑으로 들어갈 때 배가 흔들리는 것만 느낄 수 있을 뿐이었다. 그는 그렇게 느낌이 오는 곳, 소리가 들리는 곳을 향해 필사적으로 몽둥이를 휘둘렀다. 그리고 어느 순간 무언가 몽둥이를 잡아채는 것을 느꼈고 몽둥이마저 어디론가 사라져 버렸다.

노인은 키에서 손잡이를 빼내서 양손으로 움켜쥐고 닥치는 대로 마구 내리갈겼다. 하지만 놈들은 이제 뱃머리로 몰려가서 번갈아 가며, 혹은 한꺼번에 고기에 달려들어 물어뜯었다. 놈들이 다시 한번 고기에게 달려들기 위해 몸을 돌려 되돌아오는 순간 뜯긴 고기 살점들이 수면 아래서 빛을 발했다.

마침내 한 놈이 고기 대가리를 공략하기 시작했다. 노인은 이제 모든 게 끝장났음을 알았다. 찢기 힘든 육중한 고기의 머리를 물고 흔들어 대는 상어 대가리를 향해 노인은 키의 손잡이를 휘둘렀다. 그는 한 번, 또 한 번, 그리고 다시 한번 내리쳤다. 손잡이가 부러지는 소리가 들렸다. 노인은 부러진 손잡이 끝으로 힘껏 상어를 찔렀다. 손잡이가 상어 피부를 뚫고 들어가는 감촉이 느껴졌다. 노인은 부러진 손잡이 끝이 날카롭다는 것을 알고 다시 찔렀다. 상어는 물었던 고기의 머리를 포기하고 물러났다. 놈은 몰려왔던 상어 떼 중 마지막 놈이었다. 놈들에게는 이제 먹을 것이 아무것도 남아 있지 않았다.

이제 노인은 거의 숨을 쉴 수 없을 정도였다. 순간 입에서 이상한 맛이 느껴졌다. 구리 맛 같기도 했고 들척지근한 것 같기도 했다. 노인은 잠시 더럭 겁이 났다. 하지만 별로 심하지는 않았다.

그는 바다를 향해 침을 뱉으며 말했다.

"이놈, 갈라노 놈들아, 이거나 처먹어라. 그리고 사람을 죽인 꿈이나 꾸어라."

노인은 마침내 자신이 완전히 기진맥진했음을 알았다. 더 이상 기력을 회복할 방법이 없었다. 그는 고물 쪽으로 기어갔다. 노인은 뾰족해진 키 손잡이 끝을 그럭저럭 키의 홈에 끼워서 배를 조종할 수 있었다. 그는 자루를 어깨에 두르고 배의 진로를 잡았다. 이제 배는 순조롭게 앞으로 나아갈 수 있었다. 노인에게는 그 어떤 생각도, 그 어떤 느낌도 없었다. 이제 모든 것은 다 지나간 일이었다. 그에게는 오로지 가능한 한 배를 제대로 영리하게 몰아 무사히 항구에 도착하겠다는 일념뿐이었다. 마치 식탁에서 남은 음식 조각을 주워 먹듯 한밤중에도 상어 떼가 고기 잔해에 덤벼들기도 했다. 하지만 노인은 놈들에게 아무런 주의도 기울이지 않았다. 그는 오로지 키를 잡은 일 외에는 그 어느 것에도 관심이 없었다. 그는 뱃전에 매달려 있던 무

거운 짐이 없어졌으니 배가 정말 가볍고 순조롭게 앞으로 나아
간다고만 느낄 뿐이었다.

배는 괜찮아, 라고 그는 생각했다. 키 손잡이 말고는 손상된
곳이 아무 데도 없이 멀쩡해. 손잡이 같은 거야 쉽게 다른 걸
구할 수 있지.

그는 이제 배가 해류 안으로 들어섰음을 느낄 수 있었다. 이
어서 해안을 따라 해변 마을의 불빛이 보였다. 그는 자신의 위
치를 알 수 있었다. 이제 집으로 돌아가는 일은 손 짚고 헤엄치
기만큼 쉬운 일이었다.

어쨌든 바람은 우리의 친구야, 라고 그는 생각했다. 때로는
그렇다는 말이지, 라고 그는 덧붙여 생각했다. 거대한 바다에
는 우리의 친구들도 있고 우리의 적들도 있어. 그런데 침대는?
그는 생각했다. 침대는 내 친구지. 그래 바로 침대야, 라고 그는
생각했다. 침대란 참으로 대단한 거야. 녹초가 되었을 때 너무
편하지, 라고 그는 생각했다. 침대가 그토록 편한 건지 미처 몰
랐었어. 그런데 너를 이렇게 녹초로 만든 건 뭐지, 라고 그는 생
각했다.

"그런 건 없어." 노인이 큰 소리로 말했다. "내가 너무 멀리
나갔던 거지."

노인이 작은 항구로 들어섰을 때 '테라스'의 불빛은 꺼져 있었다. 모두 잠자리에 들었음을 노인은 알 수 있었다. 미풍이 꾸준히 강해지더니 이제는 제법 거세게 불어오고 있었다. 하지만 항구는 조용하기만 했다. 노인은 암벽들 아래 자그마한 자갈밭에 배를 댔다. 아무도 도와주는 사람이 없었기에 그는 힘닿는 데까지 배를 끌어올렸다. 이어서 노인은 배에서 내려 배를 바위에 단단히 묶었다.

노인은 돛대를 빼내고 돛을 감아 묶었다. 이어서 노인은 돛을 어깨에 메고 언덕을 오르기 시작했다. 그제야 그는 피로감을 뼈저리게 느꼈다. 그는 잠시 걸음을 멈추고 뒤를 돌아다보았다. 가로등 불빛 아래 고기의 커다란 꼬리가 배의 고물 뒤쪽에 꼿꼿하게 서 있는 모습이 보였다. 그리고 앙상하게 드러나 있는 하얀 등뼈의 선과 뾰족한 주둥이가 달린 텅 비어버린 시커먼 머리통이 보였다.

노인은 다시 언덕길을 오르기 시작했다. 언덕 꼭대기에 이르렀을 때 노인은 넘어졌고 그는 돛을 어깨에 멘 채 그대로 얼마 동안 누워있었다. 그는 일어나려 했다. 하지만 너무 힘이 들어서 그는 돛을 어깨에 멘 채 그곳에 앉아 거리를 바라보았다. 고양이 한 마리가 볼일을 보려고 길 저쪽으로 지나가고 있었고 노인은 그놈에게 눈길을 주었다. 그런 후 노인은 다시 길 쪽을 바라보았다.

마침내 노인은 돛을 내려놓고 몸을 일으켰다. 이어서 그는 다시 돛을 어깨에 메고 길을 올라가기 시작했다. 그는 도중에 다섯 번이나 쉬고서야 오두막에 도착할 수 있었다.

오두막에 들어선 노인은 돛을 벽에 세워 놓았다. 그는 어둠 속에서 물병을 찾아 물을 마셨다. 그런 후 그는 침대에 누웠다. 그는 담요로 어깨와 등과 다리까지 덮은 후 두 팔을 쭉 뻗고 손바닥을 위로 향한 채 신문지들에 얼굴을 묻고 잠을 잤다.

이튿날 아침 소년이 문 안을 들여다보았을 때 그는 잠들어 있었다. 바람이 거세게 불어와 돛단배들이 바다에 나갈 수 없었기에 소년은 늦잠을 잘 수 있었고 여느 때 아침이면 늘 그랬듯이 자리에서 일어나자 노인의 오두막에 와본 것이었다. 노인이 숨을 쉬고 있는 것을 확인한 소년은 노인의 손을 보더니 울기 시작했다. 커피를 가져오려고 조용히 오두막을 나선 소년은 길을 가는 내내 울음을 그치지 않았다.

많은 어부가 배 앞에 몰려들어 뱃전에 매달려 있는 것을 바라보고 있었다. 그중 한 명은 바지를 걷어 올린 채 물속으로 들어가 낚싯줄로 앙상한 뼈의 길이를 재고 있었다.

소년은 내려가 보지 않았다. 이미 가보았기 때문이었다. 어부 한 명이 소년 대신 배를 살펴보고 있었다.

"노인은 좀 어떠시냐?" 어부 한 명이 큰 소리로 외쳤다.

"주무시고 계세요." 소년이 대답했다. 소년은 울고 있는 자신의 모습을 어부들이 보건 말건 개의치 않았다. "아무도 그분을 깨우지 않는 게 좋겠어요."

"코에서 꼬리까지 무려 5.5미터나 된단다." 길이를 잰 어부가 소년에게 말했다.

"그럴 거예요." 소년이 말했다.

소년은 '테라스'로 가서 커피 한 통을 주문했다.

"뜨겁게 덥혀 주시고 우유와 설탕을 듬뿍 넣어주세요."

"더 필요한 건 없어?"

"없어요. 나중에 할아버지께서 뭘 드실 수 있는지 알아보겠어요."

"정말 엄청난 고기야." 주인이 말했다. "그렇게 어머어마한 고기는 본 적이 없어. 네가 어제 잡은 두 마리도 대단했지만."

"그까짓 것들은 아무것도 아니에요." 소년은 그 말을 하고는 다시 울기 시작했다.

"뭐 마실 것 좀 줄까?" 주인이 말했다.

"아니, 괜찮아요. 사람들에게 산티아고 할아버지를 귀찮게 해드리지 말라고 말해주세요. 전 돌아가 봐야겠어요."

"노인께 내가 마음 아파하더라고 전해주렴."

"고맙습니다." 소년이 말했다.

소년은 뜨거운 커피 한 통을 노인의 오두막으로 가져와서 노인이 잠에서 깨어날 때까지 곁에 앉아 기다렸다. 한 번인가 노인이 깨어난 것 같은 기척을 보였다. 하지만 노인은 다시 깊은 잠에 빠졌다. 소년은 길 건너편으로 가서 커피를 데울 나무를 빌려왔다.

마침내 노인이 잠에서 깨어났다.

"일어나지 마세요." 소년이 말했다. "이걸 드세요." 소년은 커피를 잔에 조금 따랐다.

노인은 잔을 받아 들고 마셨다.

"마놀린, 그놈들에게 내가 졌어. 정말로 지고 만 거야." 노인이 말했다.

"할아버지는 지신 게 아니에요. 고기에게 지시지 않았어요."

"맞아, 사실이야. 내가 진 건 그 다음이야."

"페드리코 아저씨가 배와 어구를 손질하고 있어요. 고기 대가리는 어떻게 하실 거예요?"

"페드리코에게 잘라서 고기잡이 덫으로 쓰라고 해라."

"그 주둥이는요?"

"네가 원하면 가져라."

"갖고 싶어요." 소년이 말했다. "우리 이제 다음 일에 대한 계획을 세워야 해요."

"사람들이 나를 찾았니?"

"그럼요. 해안 경비대랑 비행기까지 동원됐어요."

"바다는 너무 넓고 배는 작아서 찾아내기가 힘들지." 노인이 말했다. 노인은 오로지 자기 자신과 바다만을 향해서가 아니라 이렇게 누군가를 상대로 말을 한다는 것이 그 얼마나 즐거운 일인지 새삼 느꼈다.

"네가 보고 싶었다. 그런데 너는 뭘 잡았니?"라고 노인이 말했다.

"첫날은 한 마리 잡았어요. 둘째 날에도 한 마리 잡았고 사흘째는 두 마리를 잡았어요."

"아주 잘했구나."

"이제 우리 다시 함께 고기 잡으러 가요."

"안 돼. 나는 운이 없는 사람이야. 내 운은 이제 끝났어."

"운 같은 이야기는 하지 마세요." 소년이 말했다. "운은 제가 가져가면 되잖아요."

"네 가족들이 뭐라고 하겠니?"

"상관없어요. 어제 두 마리나 잡았잖아요. 하지만 이제는 할아버지랑 나갈래요. 아직 배울 게 많거든요."

"고기를 쉽게 죽일 수 있는 창을 하나 구해서 늘 배에 신고 다녀야겠더구나. 낡은 포드 자동차의 용수철 조각으로 창날을 만들 수 있을 거야. 과바나코아에 가지고 가서 갈아올 수 있을 거다. 날카롭긴 하겠지만 단련하지 않은 거라서 부러질 수도 있겠지. 내 칼은 부러졌어."

"제가 다른 칼을 하나 구해드릴게요. 용수철도 갈아오고요. 이 거센 브리사 바람이 며칠간이나 불어올까요?"

"한 사흘 정도? 더 오래일지도 모르지."

"제가 다 준비해 놓을게요. 할아버지는 손이나 돌보세요."

"손을 낫게 하는 법은 내가 잘 알고 있지. 밤에 뭔가 이상한 것을 뱉어냈는데 가슴 속 뭔가가 망가진 것 같은 기분이더구나."

"그것도 돌보세요. 할아버지 누우세요. 깨끗한 셔츠를 갖다 드릴게요. 드실 것도 좀 가져올게요."

"내가 없던 동안의 신문도 좀 갖다 줄래?" 노인이 말했다.

"할아버지, 빨리 나으셔야 해요. 제가 배울 게 많고 할아버지는 뭐든 가르쳐주실 수 있거든요. 고생 많이 하셨어요?"

"아주 많이 했지." 노인이 말했다.

"음식과 신문을 가져올게요. 푹 쉬세요, 할아버지. 약국에서 손에 바를 약도 사올게요."

"잊지 말고 페드리코에게 고기 대가리를 주겠다고 꼭 말해 줘라."

"네, 잊지 않을게요."

소년은 밖으로 나가 발길에 닳은 산홋빛 바위를 따라 걸어 내려가면서 다시 눈물을 흘렸다.

그날 오후 '테라스'에 관광객 일행이 찾아왔다. 빈 맥주 깡통 들과 죽은 창꼬치고기들 사이로 아래를 내려다보고 있던 한 여자의 눈에 거대한 꼬리를 끝에 달고 있는 엄청나게 긴 하얀 등뼈가 보였다. 동풍이 거센 파도를 일으키며 항구 밖에서 불고 있었고 등뼈는 파도에 따라 수면에 모습을 드러내며 흔들리고 있었다.

"저게 뭐예요?" 여자가 거대한 물고기의 긴 등뼈를 가리키며 물었다. 그 등뼈는 이제 조수에 쓸려 바다로 나가기를 기다리고 있는 쓰레기에 불과했다.

"티부론입니다. 상어입지요." 웨이터가 대답했다. 그는 무슨 일이 있었는지 애써 설명하려 했다.

"상어가 저렇게 멋지게 생겼는지는 몰랐어요. 꼬리가 정말 멋져요."

"나도 몰랐어." 그녀와 동행인 남자가 말했다.

길 위쪽 오두막 안에서 노인은 다시 잠들어 있었다. 그는 얼굴을 묻은 채 여전히 잠들어 있었고 소년이 곁에 앉아 노인을 지켜보고 있었다. 노인은 사자들 꿈을 꾸고 있었다.

『노인과 바다』를 찾아서

아마 내가 고등학생이었을 때였을 것이다. 헤밍웨이(1899~ 1961)의 『노인과 바다』를 읽으며 밤을 꼬박 새운 적이 있었다. 나는 감동에 젖은 채 창밖으로 날이 새는 것을 바라보며 마치 나 자신이 카리브해 한복판에서 작은 쪽배에 몸을 싣고 동이 트는 것을 바라보고 있는 듯 느꼈었다. 그리고 이번에는 이 작품을 번역하면서 그때의 그 감동을 어렴풋이 다시 맛보았다.

간단하다면 간단하달 수 있는 이 작품에서 나는 왜 그런 감동을 느꼈던 것일까?

여든 나흘 동안 고기 한 마리 잡지 못한 늙은 어부. 소년을 제외하고는 모든 사람으로부터 '재수 옴 붙은 사람' 취급을 받는 늙은 어부. 그는 어느 날 홀로 망망대해로 나간다. 그는 평소보다 더 멀리, 그 어떤 어부보다 더 멀리 바다로 나간다. 그런 그가 이틀 밤낮에 걸친 사투 끝에 거대한 청새치를 잡고 항구로 돌아오게 된다. 하지만 돌아오는 도중 청새치는 피 냄새를 맡고 몰려온 상어들에게 모두 뜯어 먹히고 노인이 항구에 도착했을 때는 앙상한 뼈와 대가리만 남는다. 노인은 오두막집에 몸을 누인 채 아프리카 초원의 사자 꿈을 꾸며 잠에 빠져든다.

나는 분명히, 이 길지 않은 작품을 읽으며 꼬박 밤을 새웠었다. 단숨에 읽어치울 수도 있는 분량이니 내내 소설을 읽으면서 밤을 새웠을 리가 없다. 아마도 읽는 도중 몇 번이고 작품 속 장면을 떠올리며 책을 덮고 꿈에 젖었을 것이다.

그런데 나이를 먹고 이 작품을 다시 읽고 번역하면서 나는 그 무엇보다 훈훈한 느낌에 젖는다. 젊었을 때는 망망대해에서 주인공 산티아고 노인이 홀로 벌이는 청새치와의 영웅적인 사투, 달려드는 상어들을 해치우는 장면에 매료되었을 것이고, 상어들이 청새치를 몽땅 먹어 치운 데 대한 아쉬움 등을 진하게 느꼈을 것이다. 아마 당시에는 지금 내가 느끼는 훈훈함이랄까, 달관의 경지에 이른 인간애와 자연애 등을 느끼지는 못했을 것이다. 역시 고전은 읽을 때마다 그 맛이 다르다.

『노인과 바다』의 노인은 분명 영웅이다. 영웅으로서의 요소를 두루 갖추고 있다. 그는 힘이 장사이며 불굴의 정신과 용기를 시니고 있다. 그는 스스로 자신이 유별난 사람이라고 말하며 노인의 제자인 소년도 그에 동의한다. 그런데 그는 우리가 다른 소설에서 자주 보아온 영웅과는 사뭇 다르다. 우선 그는 비극적인 영웅이 아니다. 그 차이를 정확히 느끼려면『노인과 바다』를 허먼 멜빌의『모비딕』과 간단하게 비교해 보면 된다.

『노인과 바다』를 읽으면서 여러분은 아마『모비딕』을 머리에 떠올렸음 직하다. 실제로『노인과 바다』와『모비딕』은 여러 가지 면에서 비슷한 소설이다. 무엇보다 둘 다 바다가 무대이며『모비딕』의 에이해브 선장이 흰고래와 벌이는 사투는『노인과 바다』의 산티아고 노인이 청새치와 벌이는 사투와 비슷하다. 하지만 비슷한 것은 그뿐, 두 소설은 어찌 보면 정확히 대척점에 있다고 보는 것이 옳을지도 모른다.

우선『모비딕』의 흰고래와『노인과 바다』의 큰 고기는 그 성격이 완전히 다르다.『모비딕』에서의 흰고래는 악의 상징이다.『모비딕』의 에이해브 선장은 흰고래를 증오심과 복수심에 뒤쫓는다. 그가 영웅일 수 있는 것은 패배와 파멸이 눈앞에 기다리고 있는 것을 알면서도 그 운명적인 패배와 파멸 앞에 물러서지 않고 맞서는 데 있다. 그는 뻔히 패배할 줄 알면서도 운명과 맞서서 싸우는 인물이다.

하지만 『노인과 바다』에서의 큰 고기는 결코 증오와 복수의 대상이 아니다. 노인은 어차피 그를 죽여야 하지만 그 이유는 고기가 적이기 때문이 아니다. 노인은 고기를 사랑하며 형제간이라고 생각하고 심지어 고기를 자신과 동일시하기도 한다. 누가 누구를 죽이든 상관없는 관계가 되어버리는 것이다.

"이놈, 고기야. 나는 너를 무척이나 사랑하고 존경한다. 하지만 오늘이 가기 전에 너를 죽여야겠다."(61쪽)

물속의 고기 놈에게도 먹이를 줄 수 있으면 좋을 텐데. 저놈은 나와 형제간이니까, 라고 그는 생각했다. (67쪽)

고기야, 네가 나를 죽이고 있구나, 라고 노인은 생각했다. 하긴 네게도 그럴 권리가 있지. 형제야, 너처럼 크고 아름다우며 너처럼 침착하고 고상한 놈은 이제껏 본 적이 없다. 자, 어서 와서 나를 죽여라. 누가 누구를 죽이든 아무 상관이 없다. (……) 이제 머리가 점점 몽롱해지는군, 이라고 그는 생각했다. 정신을 똑바로 차려야 해. 머리를 맑게

하고 인간답게 고통을 이겨낼 줄 알아야 해. 아니면 고기
답게, 라고 그는 생각했다. (105쪽)

고기가 살아 있을 때 너는 그 고기를 사랑했고 죽은 뒤에
도 사랑했어. (120쪽)

심지어 그는 상어 떼로부터 공격당하는 것이 고기가 아니라
자신이라고까지 생각한다.

노인은 살점을 뜯겨 몸에 손상을 입은 고기에게 더 이상
눈길을 주고 싶지 않았다. 고기가 공격을 받았을 때 노인
은 자신이 공격을 받는 느낌이었다. (117쪽)

그 싸움에는 패배도 없고 승리도 없다. 그것은 그들이 선택
한 운명이다. 거대한 고기와 노인의 맞섬은 두 영웅이 선택한
운명이다. 둘은 주위에 도와줄 이 아무도 없이 홀로 자신이 선
택한 운명으로 맞선다. 아니, 맞선다기보다는 차라리 함께한다.

놈이 선택한 건 온갖 덫과 올가미나 계략이 미치지 못하

는 저 깊고 어두운 바닷속에 머물러 있는 거야. 내 선택은 그 어떤 사람도 갈 수 없는 곳까지 가서 놈을 찾아내는 거였고. 그래, 이 세상 그 누구도 갈 수 없는 곳까지 말이야. 그렇게 우리는 지금 만나서 함께 있게 된 거야. 정오부터 줄곧 함께 있었지. 우리 둘 다 아무도 도와주지 못하지. (57쪽)

그 대결은 아름다운 대결이다. 증오, 복수, 질투, 시기, 탐욕에 사로잡혀 대결하는 것이 아니다. 상대방에게 애정을 느끼며, 상대방이 자신과 한 몸임을 느끼는 싸움, 누가 누구를 죽이든 상관이 없는 싸움이기에 그 싸움은 아름다운 싸움이고 고결한 싸움이며 영웅적인 싸움이다.

둘이 그렇게 죽고 죽이는 싸움을 벌일 수밖에 없는 것은 노인과 고기가 영웅이기 때문이기도 하지만 그 싸움 자체가 운명이고 자연의 법칙이기 때문이다. 노인은 고기와 필사적으로 싸우지만, 그 싸움은 결코 상대방을 죽이지 않으면 내가 죽을 수밖에 없는, 끝까지 살아남으려는 피 튀기는 싸움이 아니다. 그 싸움은 절묘하게도 부드러운 싸움이다.

"이놈, 고기야!" 그가 큰 목소리로, 하지만 부드럽게 말했다. "내가 죽을 때까지 네 놈과 함께하겠다."(59쪽)

그 싸움은 자연의 법칙에 순응하고 따른다는 의미에서 겸손한 싸움이고 결코 패배하지 않겠다는 다짐을 동반한다는 의미에서 용기 있는 싸움이다. 그래서 다음과 같은 유명한 다짐이 나온다.

"하지만 인간은 패배하도록 생겨난 게 아니야." 그가 말했다. "인간은 파멸할 수는 있어도 패배할 수는 없어."(117쪽)

『모비딕』의 에이해브 선장은 흰고래와의 싸움에서 패배하고 파멸한다. 그리고 『노인과 바다』에서도 분명 노인은 파멸한다. 어려운 투쟁 끝에 획득한 어획물을 상어들에게 모두 뜯어먹히며 더욱이 상어들과 싸우면서 온갖 어구들을 다 잃어버린다. 하지만 그는 파멸할 수는 있어도 패배할 수는 없다고 말한다. 결코 정신적으로 패배하지 않았다는 말이다. 그 싸움은 단 한 번으로 끝나는 것이 아니라 자신이 살아 있는 한 언제고 계속될 수 있다는 말이다. 그것이 자연의 법칙이기 때문이다. 따라서 그는 용기를 잃지 않는 겸손한 존재이다. 패배하는 것은 꼬리를 내리는 것이다. 꼬리를 내리는 자는 비겁한 자이다. 파멸할 수는 있어도 패배할 수는 없다는 말은 절대로 꼬리를 내리지 않고 동시에 겸손하게 자연의 법칙에 순응하겠다는 말과 같다. 그렇다면 이렇게 말할 수도 있다. 용기의 반대는 겸손이 아니라 비겁함이다. 우리는 용기가 있으면서 동시에 겸손할 수 있다. 역으로 오만하면서 비겁할 수 있다. 그러니 용기의 반대가 오히려 오만일 수 있다. 겸손의 반대말이 비겁함일 수 있다. 용기와 겸손이 짝을 이루고 오만과 비겁함이 짝을 이룬다. 파멸에 이르되 패배하지 않겠다는 것은 언제고 용기와 희망을 잃지 않겠다는 것과 같다. 그래서 『노인과 바다』는 『모비딕』과 달리 비극적이지 않고 희망적이다. 냉엄하거나 비장하지 않고 따뜻하다. 아마 헤밍웨이가 거의 노년에 이르러 쓴 작품이라서인지 모른다. 그리고 나도 나이를 먹었나 보다. 그런 인간적인 체취, 희망적인 체취가 좋다. 아니다, 젊은 시절 내가 『노인과 바다』를 읽고 심취했던 것도 바로 그런 인간적인 체취 때문이었는지도 모르겠다. 따뜻한 인간미를 좋아하는 것은 나이와는 상관없는 일 아닌가? 지금 너무나 아름답게 여겨지는 다음과 같은 문장에 당시의 나도 반했던 것 아닐까?

『노인과 바다』를 찾아서

희망을 버린다는 건 어리석은 일이지, 라고 그는 생각했다. 게다가 나는 그건 죄악이라고 생각해. 죄에 대해서는 생각하지 말자, 라고 그는 생각했다. 죄 같은 것 말고도 지금 문제가 얼마나 많은데. 게다가 난 죄란 게 어떤 건지 제대로 알고 있지도 못하잖아.

나는 죄가 뭔지 알지도 못하는 데다 내가 죄를 믿고 있는지도 모르겠어. 고기를 죽이는 건 아마 죄겠지. 내가 먹고 살기 위해, 혹은 많은 사람을 먹이기 위해 한 짓이라 할지라도 죄는 죄일 거야. 하지만 그렇다면 죄가 아닌 게 없겠네. 죄에 대해서는 생각하지 말자. 그러기에는 이미 때가 너무 늦었어. 게다가 죄를 생각하는 일로 먹고사는 사람들도 많잖아. 죄에 대한 생각은 그런 사람들이나 하라지. 고기가 고기로 태어난 것처럼 너는 어부로 태어난 거야. 성 베드로도 위대한 디마지오의 아버지처럼 어부였지.

하지만 노인은 자신과 연관된 모든 일에 대해서 생각하는 것을 좋아했고 읽을 것도 라디오도 없었기에 생각이 많을 수밖에 없었다. 그는 죄에 대해 계속 생각했다. 네가 고기를 죽인 것은 먹고살기 위해서, 혹은 그걸 팔아 식량을 마련하기 위해서만은 아니었어, 라고 그는 생각했다. 너는 자존심 때문에 고기를 죽인 것이고 네가 어부이기 때문에 죽인 거야. 고기가 살아 있을 때 너는 그 고기를 사랑했고 죽은 뒤에도 사랑했어. 네가 고기를 사랑한다면 죽여도 죄가 되지 않아. 아니면 더 무거운 죄를 짓는 걸까? (119~120쪽)

한마디만 더 하자. 자연을 향한 그 사랑과 애정과 희망은, 운명에 대한 애정과 희망은 사람들 사이의 애정도 낳는다. 아주 간단한 문장이지만 나는 다음의 구절이 참 좋다.

이제는 그다지 멀리 떨어져 있지 않을 텐데, 라고 그는 생각했다. 내 걱정을 하지들 않았으면 좋겠군. 물론 그 애만은 걱정하고 있겠지. 하지만 그 애는 나를 믿고 있을 거야. 늙은 어부들이야 걱정하겠지. 다른 많은 사람도, 라고 그는 생각했다. 나는 참 좋은 마을에 살고 있어. (131쪽)

사람들과 외따로 떨어진 먼바다에서 자연을 향해 느끼던 연대감이 사람들 사이의 연대감으로 이어지는 것이다.

노인은 바다 저 머나먼 곳을 바라보면서 자기가 얼마나 외따로 떨어져 있는지 깨달았다. 하지만 그의 눈앞에는 저 깊고 어두컴컴한 물속의 프리즘이 있었으며 곧바로 뻗어나간 낚싯줄, 잔잔한 바다에 일고 있는 야릇한 파동이 있었다. 무역풍이 불어오려는 조짐인 양 구름이 뭉게뭉게 피어오르고 있었다. 노인이 앞쪽을 바라보니 물오리 떼가 바다 위를 날아가고 있는 모습이 보였다. 오리 떼는 하늘에 또렷이 모습을 보였다가 잠시 모습을 감추더니 다시 모습을 드러내곤 했다. 그래, 바다에서는 그 누구도 외롭지 않아, 라고 그는 생각했다. (68~69쪽)

자연과 동물 사랑이 온갖 인간적인 것에 대한 증오로 이어지는 모습이 가끔 보이기에 해본 말이다. 자연에 대한 사랑이 인간과 삶에 대한 사랑으로 이어지는 것이 더 자연스러운 일 아닐까? 중요한 것은 자연과 동물/인간의 이분법이 아니라 그 모두를 아우르는 사랑이 아닐까? 『노인과 바다』의 산티아고 노인처럼 매 순간순간 자신이 살아 있다는 것을 느끼며, 살아 있는 모든 것을, 심지어 죽음까지도 사랑하는 것.

『노인과 바다』는 1952년 9월 1일자 시사 주간지 『라이프』특

별 호에 게재되었다. 이 소설 덕분에 잡지가 발행 이틀 만에 수백만 부가 팔려나갈 정도로 발표 즉시 인기를 끌었다. 일주일 뒤 단행본으로 출간된 『노인과 바다』는 초판만 5만 부를 찍었고 반년 이상 베스트셀러 목록에 오른다. 1953년 5월 소설 부문 퓰리처상을 받았으며 1954년에는 이 소설 덕분에 노벨 문학상을 받는다. 영화로는 1958년에 존 스터지스 감독이 메가폰을 잡고 스펜서 트레이시가 주인공 산티아고 노인 역을 맡은 〈노인과 바다〉가 훌륭하다.

헤밍웨이의 삶은 그야말로 현란하다. 그는 작가이자 기자였으며 스포츠맨이었다. 게다가 그는 좀처럼 한 군데 정착하지 못하는 캐릭터의 소유자였다. 그는 1899년 미국 일리노이 주의 오크파크에서 의사인 아버지 클래런스 헤밍웨이와 음악 교사인 그레이스 헤밍웨이의 여섯 자녀 중 둘째로 출생한다. 1917년 고등학교 졸업 후 그는 대학 입학을 포기하고 「캔자스 시티 스타」 신문사의 수습기자로 취직한다. 1918년 그는 미 적십자 부대의 앰뷸런스 운전병으로 지원해 이탈리아 전선에 투입된다. 앞서 말했듯 『무기여 잘 있거라』는 이때의 경험을 바탕으로 쓴 소설이다. 심하게 다리 부상을 해 귀국한 그는 다시 기자가 되어 1922년 터키에 파견되며 스페인을 방문하고 캐나다의 토론도에도 잠시 머문다. 1926년 『태양은 다시 떠오른다』로 문명(文名)을 얻은 그는 '서재의 작가'로 머물지 않고 1927년 프랑스 파리로 간다. 1928년 그는 프랑스를 떠나 미국 플로리다주의 키웨스트로 이주한다. 1936년 스페인 내전이 일어나자 그는 1937년 '북아메리카신문연맹'의 특파원 자격으로 스페인 내전을 취재한다. 1939년 그는 쿠바의 아바나 교외에 작은 농장을 구입한 뒤 그곳에 머물면서 소설을 집필에 몰두하여 이듬해인 1940년 스페인 내전을 무대로 한 『누구를 위하여 종은 울리나』를 발표한다. 제2차 세계대전 중인 1942년 그는 미 해군에 자원해 독일군 잠수함 수색 작전을 벌이기도 하고 1943년부터는 신문 및 잡지 특파원으로 노르망디 상륙작전과 파리 입성에 직접 참여하여 취재를 했다. 2차 세계대전이 종료되자 그는 독일 잠수함 수색작전의 공을 인정받아 정부로부터 훈장을 받았다.

1952년 그는 『노인과 바다』를 출간하여 퓰리처상을 받았으며 아프리카 여행 중이던 1954년 두 번의 비행기 사고로 중상을 입으며 한때 그가 사망했다는 소문이 전 세계에 퍼지기도 한다. 바로 그 해에 그는 미국 작가로는 다섯 번째로 노벨 문학상 수상자가 된다.

그는 카스트로가 권좌에 오른 1961년 쿠바를 영원히 떠나며 우울증, 알코올 중독증 등에 시달리다가 7월 2일 엽총으로 자살한다. 후에 그의 자살 원인은 일종의 유전병이라고 할 수 있는 혈색소침착증 때문인 것으로 밝혀졌다. 그의 아버지도 1928년 권총으로 자살했으며 누이와 형제 중에도 바로 그 병 때문에 자살한 사람들이 있었다. 간경변증, 당뇨병, 관절염 등을 유발하는 그 병은 정신적 질환도 낳는 것으로 알려져 있다. 참고로 그의 방랑벽은 여자에게도 적용이 되었는지 그는 생애 세 번 이혼하고 네 번 결혼했다.

헤밍웨이는 미국인이 가장 사랑하는 미국 작가 순위에서 늘 1위에 오르고 있으며 교과서에는 그의 작품들이 수록되어 있다.

노인과 바다

생각하는 힘: 진형준 교수의 세계문학컬렉션 93

펴낸날	**초판 1쇄 2023년 11월 17일**

지은이	**어니스트 헤밍웨이**
옮긴이	**진형준**
펴낸이	**심만수**
펴낸곳	**(주)살림출판사**
출판등록	**1989년 11월 1일 제9-210호**

주소	**경기도 파주시 광인사길 30**
전화	**031-955-1350** 팩스 **031-624-1356**
홈페이지	**http://www.sallimbooks.com**
이메일	**book@sallimbooks.com**

ISBN	**978-89-522-4732-2 04800** **978-89-522-3984-6 04800 (세트)**

※ 값은 뒤표지에 있습니다.
※ 잘못 만들어진 책은 구입하신 서점에서 바꾸어 드립니다.